Mon Ami Poto

30/32 Boulevard de Sébastopol

75004 Paris

Indicatif éditeur : 978-2-487225

Dépôt légal : Novembre 2023

POTO

ISBN : 978-2-487-22500-8

« À toutes celles et à tous ceux qui font du bien. »

Ryad BOULANOUAR

Table des matières

Préambule

Tout a toujours un commencement.

Pour ma part, celui-ci a un nom : Nickel. En 2014, lorsque j'ai créé avec Hugues Le Bret ce qu'on appelait à l'époque le Compte Nickel, ou « le compte sans banque », mon ambition était de mettre la banque au service de tous. Nickel était alors la première pierre de mon engagement pour unir le monde de la finance à celui de la solidarité.

Puis, j'ai changé de vie, j'ai vendu Nickel à la BNP, et je me suis mis à chercher un nouveau moyen de me sentir utile à autre chose qu'à ma simple existence.

Je me souviens du jour où mon ami Mouloud Achour me mit en relation avec Cyril Hanouna. Tout le monde le connait évidemment, il ne laisse personne indifférent, même pour moi qui regarde très peu la télévision. Il voulait créer une Banque du Cœur, et comme j'avais déjà monté une banque engagée et solidaire, la démarche a eu effectivement en moi une résonance toute particulière. J'étais méfiant mais la demande venait de Mouloud.

On s'est donc rencontré avec Cyril. J'ai été tout de suite agréablement surpris, touché par son discours. Les gilets jaunes étaient récemment venus dans son émission, leur cause et toutes les souffrances qui en découlaient, pouvaient se solutionner avec 200 ou 300 euros de plus par mois. Cette somme nous paraissait dérisoire, encore plus pour la dignité d'un être humain dont on a croisé le regard et la souffrance. Il en était conscient, il était sincère, il était authentique. C'est le dilemme de ceux qui ont réussi : donner aux autres la chance qu'ils estiment avoir eue. Ainsi est venu le concept de la Banque du Cœur, qu'on imaginait d'abord plutôt comme un fonds de dotation.

Avec ceux qui m'accompagnaient dans le projet, nous sommes alors rentrés dans les méandres de la solidarité, où l'apparente simplicité des solutions cache en réalité les racines profondes de la misère : mal endettement, addiction, emploi, santé, etc. Au fur et à mesure, nous avons revisité nos ambitions et décidé, non pas de donner, mais de prêter cet argent, le temps d'un retour à une meilleure fortune. « Prêter aux gens à qui on ne prêtait plus » tel aurait pu être le slogan de ce projet embryonnaire. Mais rapidement, nous nous sommes retrouvés face à une difficile réalité : si la générosité n'est pas un puits sans fond, comment s'assurer que ce que l'on donne fasse réellement du bien à ceux qui en ont le plus besoin ?

Fort de mon expérience Nickel et de ma connaissance du milieu associatif, ma profonde conviction était que, pour y arriver, il fallait en réalité proposer une vraie innovation de rupture dans le monde de la solidarité. Et cela devenait alors chaque jour plus limpide : cette innovation devait prendre la forme d'une monnaie unique, numérique, entièrement dédiée à la solidarité. Elle devait garantir une totale transparence sur les dons récoltés et sur leurs utilisations ; en fait donner envie à ceux qui donnent déjà, de donner encore plus.

Pendant plus de 3 années, j'ai porté ce projet, humainement, techniquement, et financièrement. Avec mon équipe de Potos, avec tous ceux qui croyaient dans ce projet un peu dingue mais tellement important à nos yeux, nous nous sommes mis au travail. Et de ce travail est né le Poto, répondant à un fonctionnement simple : une monnaie à parité avec l'euro (1 Poto = 1 euro), que chaque donateur peut se procurer via son smartphone ou son ordinateur pour ainsi donner aux associations qui lui tiennent à cœur, tout en suivant en temps réel l'utilisation et l'impact de ses dons.

Une monnaie du cœur, une monnaie qui fédère, une monnaie qui fait du bien, le Poto.

Qu’y a-t-il derrière ce QR Code ?

On vit dans un monde incroyable !

Partie I / Les promesses, révolutions et désillusions du numérique

Chapitre I. Un big bang appelé Internet

« Il n'y a aucune chance que l'iPhone gagne la moindre part de marché significative. »

Steve Ballmer, PDG de Microsoft (2007)

Que de chemins parcourus depuis le lancement de l'Internet grand public au milieu des années 1990 ! En moins de trente ans, nous avons assisté à une accélération fulgurante des progrès liés au digital. Pourtant, à l'origine, rien ne laissait présager que cette innovation représenterait une telle déflagration. Presque personne n'aurait imaginé que le numérique allait remodeler en profondeur nos modes de vie et le fonctionnement de l'économie. Plus qu'une révolution technologique : un bouleversement culturel et sociétal. Le tsunami digital – dont nous peinons à mesurer toutes les conséquences du déferlement – était encore une vaguelette.

Au point 0 du Web : le Web1

À l'époque, rares étaient ceux qui s'aventuraient sur ce territoire inconnu. Seuls quelques initiés, passionnés de nouvelles technologies, férus d'informatique ou hackers en herbe, défrichaient les sentiers non balisés du Web1. Pour schématiser, cela ressemblait à un « truc hyperpointu pour quelques ingénieurs [ayant] du temps à perdre[1] » : un outil à l'usage des geeks, comme on dirait de nos jours. En l'absence d'ADSL (*Asymmetric Digital Subscriber Line*) ou de fibre, les connexions étaient très lentes. L'utilisation du modem empêchait de se servir de la ligne téléphonique et le prix des communications, couplé à celui de l'abonnement, rendait l'accès au réseau très coûteux. Quant aux contenus et aux services proposés, ils demeuraient extrêmement limités. Quiconque a fréquenté les premiers sites de e-commerce peut en témoigner : l'expérience utilisateur était catastrophique et il était beaucoup plus rapide de se rendre dans un magasin pour se procurer le produit tant convoité.

---

[1] Alessandro Baricco, *The Game*, Paris, Gallimard, novembre 2019.

En somme, les premiers pas d'Internet furent laborieux, au point que beaucoup prédisaient son essoufflement, voire sa disparition. En 2000, le Daily Mail annonçait que ce n'était qu'une passade et que des millions de personnes l'avaient déjà abandonné. En 2001, le patron d'Universal Music, Pascal Nègre, allait même jusqu'à déclarer : « Internet ? On s'en fout, ça ne marchera jamais[2]. » Il est toujours facile de se moquer des prophéties qui ont échoué. Mais avec le recul, disons que cette prédiction traduisait un état d'esprit assez répandu dans la population : l'idée selon laquelle le Web ne répondait pas vraiment aux besoins fondamentaux de l'individu. La majorité des gens ne savait pas à quoi Internet servait. Trop compliqué, trop technique, trop difficile à apprivoiser.

D'ailleurs, à l'aube du XXIe siècle, la part d'internautes en France ne dépassait pas les 15 %. L'usage du mail ne s'était toujours pas démocratisé, restant réservé aux professionnels qui souhaitaient remplacer le fax. Et à ce moment-là, nous n'avions pas encore basculé dans l'ère de l'ultracommunication : on pouvait certes discuter avec des personnes à l'autre bout de la planète, *via* des systèmes de messagerie rappelant la CB (*Citizen Band*[3]), mais les chats, forums et autres sites de rencontres n'étaient qu'à l'état embryonnaire. Organiser un rendez-vous avec un ou une inconnue réservait parfois quelques mauvaises surprises...

---

[2] Marc Randolph, *Ça ne marchera jamais !*, Neuilly-sur-Seine, Michel Lafon, mars 2020.
[3] Outil de communication radio qui permettait notamment aux routiers et aux camping-caristes d'échanger des informations.

Bien que le nom de CaraMail suscite peut-être un brin de nostalgie chez certains lecteurs, force est de constater que ce portail, comme tant d'autres (Lycos, AOL, Myspace, etc.), est tombé dans l'oubli et a rejoint le cimetière bien rempli des antiquités du Web. Pour n'importe quel millennial, naviguer sur ces sites aujourd'hui reviendrait à effectuer un brutal retour à la préhistoire.

Une expansion nommée Web2 : griserie et ivresse numériques

Internet et mobilité : le cocktail qui vous « connecte »

Il a fallu attendre la seconde moitié de la décennie 2000 pour que les usages numériques explosent, lorsque deux technologies ont fusionné : celle de la téléphonie sans fil et celle d'Internet. Au cours des années 1990 et 2000, nous avions eu l'occasion de nous familiariser avec les premiers appareils mobiles (comme le Bi-Bop, ancêtre du portable) et l'usage du Web à domicile ou au travail.

Un cap a été franchi lorsque les téléphones mobiles ont intégré la connexion à la Toile, un appareil photo digital, puis la géolocalisation. Nous sommes passés de l'Internet de bureau à l'Internet dans sa poche. Un cocktail détonnant qui a bouleversé nos vies ! À partir de ce tournant, le virtuel a commencé à devenir de plus en plus réel. Une profusion de services et d'applications ont donné naissance à un Web tous azimuts qui s'est invité dans un nombre croissant de nos activités.

Quand le smartphone entre dans la danse

À ce titre, les années 2006-2007 ont représenté un point de bascule. C'est à cette période que Mark Zuckerberg a propulsé Facebook en dehors des campus universitaires et que Twitter a entamé son internationalisation. C'est aussi en 2007 que Steve Jobs a lancé l'iPhone, un smartphone révolutionnaire qui a fait disparaître le clavier et mis l'expérience utilisateur au cœur des priorités, tandis que Google inaugurait le système d'exploitation Android pour faciliter la navigation depuis un mobile. De son côté, Intel testait de nouveaux matériaux pour booster la performance de ses microprocesseurs, la start-up Hadoop faisait grimper de manière exponentielle la capacité de stockage des ordinateurs, et Amazon commercialisait le premier Kindle, ouvrant la voie à la lecture électronique[4].

Mises bout à bout, toutes ces innovations ont encouragé l'appropriation des outils digitaux par le grand public. Elles ont rendu la galaxie numérique plus simple, plus intuitive et plus accessible, avec une gamme de services correspondant aux attentes des citoyens et des consommateurs. Comme le souligne le journaliste et essayiste américain Thomas Friedman, c'est à compter de 2007 que « la technologie est devenue d'usage plus facile et naturel », et que les smartphones, « accessibles aux enfants et aux illettrés[5] », se sont imposés comme des objets incontournables. Le train du digital était lancé et plus rien n'allait l'arrêter.

---

[4] Thomas L. Friedman, *Merci d'être en retard*, Paris, Saint-Simon, mars 2017.
[5] *Ibid.*

Toujours plus vite !

En effet, depuis ce virage du Web2, le temps du progrès technologique s'est accéléré à une vitesse folle. Entre-temps, nous avons vécu le décollage du e-commerce qui ne pose plus de problème de confiance et qui a connu sa consécration lors de la crise du Covid-19. Les visioconférences, qui relevaient encore de la science-fiction il y a quelques années, sont entrées dans les habitudes de salariés qui veillent jalousement à leur e-réputation sur LinkedIn. Les échanges sur WhatsApp, Telegram, ou plus simplement Gmail, ont envahi notre quotidien, ringardisant la conversation téléphonique. Désormais, les célibataires n'hésitent plus à partager leurs photos sur Tinder, Grindr ou Bumble pour draguer ou rechercher l'être aimé. Les citoyens pétitionnent sur Change.org, revendiquent sur Twitter ou organisent la contestation sur Facebook, comme à l'occasion du mouvement des Gilets jaunes. De simples particuliers louent leur appartement aux touristes sur Airbnb et des jeunes issus de quartiers populaires mettent un pied dans le monde du travail grâce à Uber. Pour une majorité de personnes, tout cela semble dorénavant naturel, presque inné.

Sur le papier, ce nouvel âge d'Internet a favorisé l'émergence d'un espace de liberté, de fluidité, de collaboration et même de « contre-pouvoir » : « De nos jours, nous avons la capacité de faire des films, de nous faire des amis ou de gagner de l'argent ; de répandre l'espoir ou de répandre nos idées ; de créer une communauté ou de créer des mouvements [...] – sur une échelle bien plus grande, d'un impact potentiellement bien plus grand qu'il y a seulement quelques années[6]. »

---

[6] Jeremy Heimans et Henry Timms, *Nouveau (contre) pouvoir*, Paris, Plon, février 2019.

Nous vivons bel et bien un changement d'échelle grâce au digital et aux moyens d'expression et de réalisation qu'il nous offre. Le champ des possibles est quasiment illimité.

Au fond, c'est tout notre environnement qui a été transformé par la digitalisation. Ce phénomène est tellement puissant qu'il s'étend à tous les pans de l'économie et de la société, et ne cesse de repousser les frontières de l'innovation. Pas un jour ne passe sans que l'on annonce des prouesses technologiques miraculeuses. Avec le perfectionnement de l'intelligence artificielle et l'extension du numérique aux sciences du vivant (biologie), c'est la perspective d'une médecine prédictive, ciblée et personnalisée qui se concrétise sous nos yeux. Vaincre le cancer ou éradiquer certaines maladies génétiques ne sont plus des objectifs utopiques. Dans la santé comme ailleurs, le digital fait voler en éclats les limites du monde d'avant. C'est une lame de fond qui charrie son lot d'espoirs et emporte nos existences vers des horizons insoupçonnés.

Qui pourrait s'en plaindre ?

Contenus numériques : l'abondance à tous les étages

Cette digitalisation à grande échelle a été synonyme d'abondance de contenus à tous les étages. Elle a offert à chacun un portail mondial vers une infinité de sites, blogs, solutions, logiciels, tutoriels, langages de programmation, etc. Mieux qu'une encyclopédie ou un cours magistral : des connaissances et des outils de formation mis à disposition du plus grand nombre. La diffusion du savoir a été fluidifiée.

Dans le futur, cela pourrait constituer un vecteur de tolérance, de recul des préjugés et d'amélioration générale de l'instruction. Utilisés à bon escient, les instruments digitaux pourraient être des alliés au service de l'éducation et d'une société pacifiée. Jamais dans l'Histoire nous n'avons eu de telles possibilités de répandre l'instruction, sous toutes ses formes, auprès du plus grand nombre ! Alors que cette dernière était jusqu'à une date récente le monopole d'une petite élite de « sachants », elle est dorénavant accessible à (presque) tous. C'est évidemment un motif d'optimisme pour l'avenir de l'humanité. Plus les citoyens seront instruits, moins ils céderont aux pulsions primaires qui conduisent au rejet de l'autre, à la haine et aux affrontements.

T'as combien d'abonnés, toi ??

À l'heure du Web2, la création de contenus est aussi devenue l'œuvre de profanes et d'amateurs. Quand Norman, Cyprien, Squeezie et EnjoyPhoenix ont commencé à se filmer depuis leur chambre et à diffuser leurs vidéos sur YouTube, il y a une dizaine d'années, ils ont inauguré un phénomène totalement inédit en France. Sans le savoir, ils étaient en train de donner naissance à une nouvelle catégorie d'individus : les « influenceurs », de parfaits inconnus accédant à la notoriété grâce à Internet, aux réseaux sociaux ou aux émissions de téléréalité[7].

[7] Lucile Meunier, « Quand la génération Z fait des réseaux sociaux son business », start.lesechos.fr, 26 mars 2021.

Désormais, avec la multiplication des plateformes (Instagram, Snapchat, TikTok, Twitch), on ne compte plus le nombre de personnes qui obtiennent une forme de renommée, ne serait-ce que le temps d'une soirée. Chacun a bel et bien le droit à son quart d'heure de célébrité warholien, sous forme de pouces bleus, de cœurs et de vues par centaines de milliers. Qu'ils chantent, jouent à la console ou exhibent leur train de vie bling-bling à Dubaï, les influenceurs ont envahi nos existences numériques. Pour le meilleur, mais aussi pour le pire…

Reconnaissance et célébrité : quand le Web régale…

C'est l'une des conséquences directes de l'avènement du Web2 : la démocratisation de la reconnaissance. En une décennie, nous avons vu surgir de nulle part des youtubeurs et des artistes de talent qui n'auraient jamais pu émerger dans le monde d'avant. Plus besoin de piston, d'être la « fille de » ou le « fils de », pour toucher le grand public. Grâce à la puissance de frappe des réseaux sociaux, qui permettent de conquérir rapidement une large audience, la notoriété est placée sous le signe de l'égalité des chances. Pour tous ceux qui veulent se faire connaître, la célébrité est à portée de main.

Au fond, le digital est venu combler l'une des aspirations les plus fortes de l'individu : le besoin de reconnaissance qui est une condition préalable à l'estime de soi. Depuis Aristote, nous savons que l'être humain est un « animal social » dont l'épanouissement et la réalisation supposent l'appartenance à une communauté, des relations avec les autres et l'acquisition d'un statut au sein du groupe (la famille, les amis, l'entreprise, la nation, etc.).

Nous avons besoin d'être reconnus pour forger notre identité, nous sentir aimés ou tout simplement savoir que nous sommes utiles à la société[8]. En l'absence de cette dignité et de cette reconnaissance, nous revenons à l'état sauvage.

Le lendemain de cuite

Abonnés : un divorce à portée de clic

Le problème, c'est que le digital ne répond que de façon illusoire à cette nécessité. Il favorise surtout la course à une reconnaissance factice, éphémère, volatile, ultra-individualiste et dénuée de sens. Pour l'obtenir, il faut sans cesse nourrir la Bête numérique, alimenter ses *followers* (« abonnés ») en contenus et obtenir des montagnes de likes. « N'oubliez pas d'appuyer sur la cloche et de laisser un pouce bleu », aiment à nous répéter les détenteurs de chaînes YouTube, jusqu'à l'indigestion, comme s'il s'agissait d'une question de survie. Un clic de désabonnement suffit à prononcer le divorce entre un influenceur et les membres de sa « commu ».

Même s'il y a sans doute de la sincérité dans certaines relations, un influenceur ne possède pas réellement de communauté. Il a plutôt une nuée de faire-valoir qu'il passe son temps à remercier pour la renommée qu'ils lui apportent.

[8] Dans la célèbre pyramide de Maslow, qui représente les besoins essentiels de l'être humain, la reconnaissance et l'appréciation des autres sont les clés de l'estime de soi.

C'est un « influenceur » avant tout parce qu'il s'adresse à des gens influençables... Dans cet univers hyperconcurrentiel où le référencement et la visibilité sont la clé du succès, la reconnaissance est sans cesse soumise à l'évaluation et à la mesure. Elle devient jetable et se dilue à mesure qu'apparaissent de nouvelles figures populaires. Bref, elle perd tout effet de rareté.

Likes et vues : des selfies à en mourir

Et souvent, cette reconnaissance a l'air usurpée. Lorsqu'une starlette de la téléréalité cumule des millions de vues – et amasse une fortune certaine – en orchestrant des buzz médiatiques, est-on certain qu'elle mérite une telle réussite ? On se souviendra par exemple de Nabilla prodiguant des conseils de popularité au président Hollande en novembre 2013 : « Je trouve ça triste pour un président de pas avoir de buzz. Il faudrait qu'il fasse un truc, une sextape, je sais pas, un truc marrant. Il faut qu'il fasse du buzz parce que François, sinon, on va l'oublier[9]. » Au sein de la nébuleuse digitale, tout est bon pour faire parler de soi.

Même mourir pour obtenir des vues en prenant un selfie : certains prennent des risques délirants en s'affichant auprès d'un troupeau d'éléphants, avec une grenade dégoupillée à la main ou au bord d'un précipice... Hélas, leur seul fait d'armes est de figurer en bonne place au palmarès des Darwin Awards, ce prix qui récompense les morts les plus absurdes.

---

[9] Thibaut Pezerat, « Nabilla invite François Hollande à tourner une sextape pour gagner en popularité », lelab.europe1.fr, 10 novembre 2013.

En une dizaine d'années, presque quatre cents personnes sont tombées au champ d'honneur de la course aux likes.

Dans ce monde où chacun veut briller à tout prix, les réseaux sociaux se transforment en un « tout-à-l'ego » où se déverse un torrent de publications narcissiques. Pour un nombre croissant d'individus, la vie ne vaut la peine d'être vécue que si elle est publiable sous forme de story, de visions enchantées du réel et de clichés retouchés : « Pour les Narcisse 2.0, une expérience ne semble valoir [...] que s'il est possible de la représenter et d'en informer ses "amis" par un post sur un mur numérique quelconque.

D'où la manie de photographier n'importe quoi, partout, tout le temps, à commencer par le contenu de son assiette au restaurant. Ils exhibent leur vie et mesurent, inquiets, l'écho qu'elle suscite en consultant le nombre de "vues" et de "like" reçus par le récit de leurs hauts faits quotidiens[10] ! » La quête de cette reconnaissance ressemble plus au symptôme d'une pathologie sociale qu'à une preuve d'équilibre personnel. Elle est peut-être même le signe d'une société malade qui ne parvient plus à différencier la bonne reconnaissance de sa version dégradée. Une société qui s'emballe et qui n'est plus capable de définir ses priorités...

---

[10] Mathias Roux, *La Dictature de l'ego. En finir avec le narcissisme de masse*, Paris, Larousse, novembre 2018.

Tous connectés : quand la réaction remplace la réflexion

Bien que le digital ait indéniablement amélioré nos existences quotidiennes, il a également renforcé certaines inégalités et engendré de nouveaux déséquilibres. La promesse d'un monde plus collaboratif, plus harmonieux et marqué par l'essor de l'économie de partage n'a pas été tenue. Fascinées par le pouvoir des nouvelles technologies, nos sociétés ont en partie oublié qu'il convenait de leur donner une finalité. Et elles n'ont, à ce stade, toujours pas dissipé certains mirages de la civilisation digitale.

Ce qui a fondamentalement changé dans ce contexte d'effervescence numérique, c'est que la vitesse de communication a fini par dépasser la vitesse de réflexion. Nous sommes victimes d'un mouvement d'emballement et de surenchère technologique. Avec le déploiement de la 5G, l'annonce de la 6G et de la « communication holographique », ou encore les vidéos en 4K HDR, nous cherchons à obtenir toujours plus de débit, toujours moins de latence et toujours plus de performances spectaculaires... sans trop savoir quelle en sera l'utilité dans notre vie courante. À quoi bon surfer en 6G sur son canapé ou dans le métro, hypnotisé par la dernière publication d'un influenceur TikTok ? Au bout du compte, quels bénéfices concrets en tirons-nous ?

C'était déjà l'intuition développée par Nicholas Carr, auteur du best-seller *Internet rend-il bête ?*[11].

---

[11] Nicholas Carr, *Internet rend-il bête ?*, Paris, Robert Laffont, octobre 2011.

Au sein du « monde dans lequel nous entrons lorsque nous allons en ligne, il y a peu de place pour le flou de la réflexion. L'ambiguïté n'est pas un préliminaire à la réflexion mais un bug à corriger. Le cerveau humain n'est qu'un ordinateur dépassé qui a besoin d'un processeur plus rapide et d'un plus gros disque dur[12] ». Pris de frénésie, nous avons cessé de nous interroger sur le sens de l'innovation. À l'image du lapin blanc dans *Alice au pays des merveilles*, nous avons en permanence l'impression d'être en retard, de courir sur des chemins qui ne mènent nulle part. Dans le digital, nous sommes toujours à la traîne et plus ou moins ringards. Il y aura toujours quelqu'un pour dire : « Mais tu ne connais pas ça ? », « T'as pas téléchargé la dernière application ? », « T'as pas vu cette vidéo ? J'te montre ».

Tout, tout de suite : la frustration permanente

Plus grave, le culte de l'immédiateté prend le pas sur nos capacités de projection, nous empêchant de réfléchir, collectivement, à ce que nous voulons faire de cette vague de progrès. Quels besoins essentiels pourrions-nous combler à la faveur de cette révolution digitale ? À force d'être obnubilés par le reflet de nos écrans, ne sommes-nous pas frappés d'aveuglement ? Allons-nous finir comme des poissons rouges[13] tournant dans un bocal, à gober n'importe quelle nourriture digitale ?

---

[12] Nicholas Carr, « Est-ce que Google nous rend idiot ? », lemonde.fr, 18 décembre 2009.
[13] Bruno Patino, *La Civilisation du poisson rouge. Petit traité sur le marché de l'attention*, Paris, Grasset, avril 2019.

Habitués à obtenir tout, tout de suite, nous ne désirons plus rien. Nous devenons des insatisfaits perpétuels, condamnés à la frustration permanente. Nous scrollons jusqu'à l'overdose. Cela évoque plus le comportement de drogués, toujours à la recherche du shoot supplémentaire, que d'individus équilibrés.

Isolement, dépendances et addictions 2.0

Au même titre qu'il existe une *junk food* qui flatte nos papilles mais détruit à petit feu notre capital santé, il existe une *junk tech*[14] qui satisfait nos instincts primaires mais nous rend de plus en plus dépendants des dispositifs numériques. Addicts à nos smartphones, nous sommes parcourus par un frisson d'angoisse lorsque le pictogramme batterie passe sous la barre des 10 % et qu'il n'y a aucun chargeur ou câble USB, à portée de main, pour nous secourir. Ou, à l'inverse, nous sommes envahis par l'euphorie, presque certains de passer une bonne journée, si la charge atteint les 100 %. Cela agit comme un shot de dopamine. La charge de nos téléphones mobiles devient le baromètre de notre état de forme. Cette attitude prêterait évidemment à sourire si elle n'était pas révélatrice d'une tendance de fond plus inquiétante.

D'après une étude internationale de 2021 menée sur les dix principaux marchés mobiles, les individus passent en moyenne presque cinq heures par jour devant leur smartphone[15].

---

[14] Jean-Marc Bally et Xavier Desmaison, *Junk Tech. Comment la Silicon Valley a gagné la guerre du marketing*, Paris, Hermann, novembre 2020.
[15] www.data.ai/en/go/state-of-mobile-2022

Dans les pays occidentaux, le temps quotidien derrière les écrans des 13-18 ans atteint les six heures quarante-cinq[16]. Et pour certains, cette consommation effrénée vire à l'accoutumance.

Gavage et boulimie numérique : la peur de « louper un truc »

Sans parler des effets délétères sur les aptitudes cognitives des plus jeunes, qui font craindre à des chercheurs l'apparition de « crétins digitaux[17] », soulignons que l'addiction aux smartphones a des effets de plus en plus négatifs sur le plan social : des adolescents qui sortent moins, voient moins leurs amis dans le monde réel et se sentent plus malheureux qu'avant[18] ; des couples réunis au restaurant qui restent les yeux rivés sur leur téléphone au lieu d'échanger des paroles ou des regards, et que la boulimie numérique ne rassasie jamais ; des salariés qui ne parviennent plus à se concentrer plus d'un quart d'heure sur la moindre tâche. Ils ont tellement peur de rater un truc (c'est le fameux Fomo : *Fear of Missing Out*) qu'ils ne quittent plus leurs écrans.

Preuve en est : des personnes sont désormais contraintes de pratiquer des cures de détox digitale et un nombre croissant d'entreprises instaurent un droit à la déconnexion ou des journées sans smartphone, placées sous le signe du silence numérique. Même les plus technophiles prennent conscience qu'il y a des excès à corriger.

---

[16] Michel Desmurget, *La Fabrique du crétin digital. Les dangers des écrans pour nos enfants*, Paris, Seuil, août 2019.
[17] *Ibid.*
[18] Jean M. Twenge, *iGen. Why Today's Super-Connected Kids Are Growing Up Less Rebellious, More Tolerant, Less Happy – and Completely Unprepared for Adulthood – and What That Means for the Rest of Us*, Atria, septembre 2018.

Vie privée : le nu version numérique

Dans cette ère de connexion permanente, notre vie privée disparaît. L'identité réelle et l'existence digitale ne font plus qu'une. Impossible de différencier l'original de son clone. Les deux mondes s'entremêlent et brouillent les frontières entre espace public et espace intime. Un grand déballage qui a des allures de strip-tease...

Informations professionnelles, curriculum vitæ, photos de vacances en famille, vidéos personnelles de soirées, etc., tout y passe. Nous nous mettons à nu sans que cet exhibitionnisme pose le moindre souci. Et nous finissons tous par être un peu voyeurs, à épier des proches, des collègues ou de simples connaissances.

T'as demandé à Google ?

Le poids écrasant du digital porte également un nom : Google, un simple moteur de recherche auquel on accorde une crédibilité quasi absolue. Depuis sa création en septembre 1998, rien n'arrête la firme de Mountain View. Google est devenue une instance de légitimité et un arbitre de la vérité. Vous avez une question qui vous taraude ou un désaccord lors d'un débat ? Il n'y a qu'à sortir votre smartphone et demander à Google, l'oracle du XXIe siècle... Presque tout le monde a adopté ce réflexe.

Au sein de la civilisation numérique, ce n'est plus vers les parents, les experts, les professeurs ou Dieu que nous nous tournons pour obtenir des réponses. Google a pris cette place et a gagné ses lettres de noblesse dans le langage courant : quand on cherche une info sur quelque chose ou sur quelqu'un, on les « googlise ».

Tout gratuit : échange vie privée contre service digital

Google, comme d'autres, a su dicter sa loi et s'ériger en entreprise incontournable. Ce qui a boosté le succès de ces grandes plateformes digitales, c'est aussi de proposer des services innovants de manière gratuite. Pendant plusieurs années, nous avons été mal éduqués. Nous avons cru (ou fait semblant de croire) que nous pouvions avoir accès à tout, tout de suite et tout le temps, sans jamais débourser 1 euro. Sauf que nous n'avons jamais lu les petits caractères en bas du contrat, dans les conditions générales d'utilisation : l'exploitation de nos données privées...

Nous avons également pris l'habitude de ne plus payer pour lire les articles d'un journal, pour écouter de la musique ou pour regarder un film... sans percevoir que c'était aberrant et que cela risquait de détruire la création. La presse, qui a longtemps subi l'emprise de Google pour le référencement de ses contenus, s'en est d'ailleurs mordu les doigts en sciant la branche sur laquelle elle était assise.

Actuellement, nous vivons la fin de l'illusion du tout-gratuit. Certains sites ou applications ont introduit le *freemium* pour vendre une partie de leurs services, et d'autres cherchent coûte que coûte à monétiser leur contenu. Il n'est qu'à songer à YouTube qui nous bombarde de publicités intempestives toutes les trois minutes. La seule manière d'échapper à ces coupures insupportables et de profiter des vidéos est bien sûr de payer... Retour à la case départ.

Aucun entrepreneur sérieux n'osera prétendre que la gratuité est une bonne philosophie. C'est même tout le contraire. En 2014, quand Nickel a été créé, il a fallu se battre contre cette idée reçue. Proposer un compte payant (20 euros), sans découvert autorisé et que les clients pouvaient ouvrir chez leur buraliste, peu de gens y croyaient. La plupart des études qualitatives arrivaient toutes à la même conclusion : ça ne marcherait jamais, surtout avec des personnes non bancarisées. Et pourtant, la réussite a rapidement été au rendez-vous et elle ne se dément pas. Début 2022, Nickel comptait plus de 3 millions de clients, soit beaucoup plus que la majorité des néobanques.

En vérité, il faut assumer de facturer un service. Les consommateurs ne sont pas idiots. Ils savent que la gratuité cache presque toujours de mauvaises surprises. N'importe qui trouverait suspect d'aller dans un restaurant qui nous offrirait le repas ou, pire, nous donnerait de l'argent pour remplir ses tables. Ce qui est important, c'est que les utilisateurs d'un service en comprennent le prix. Si cela épouse réellement à leurs besoins, ils sont disposés à débourser la somme correspondante. Cultiver l'illusion de la gratuité, comme l'ont fait nombre de promoteurs du Web2 et de l'économie digitale, ne peut mener qu'à une impasse.

Thunes : à qui profite le clic ?

La meilleure illustration du pouvoir acquis par les géants du numérique réside dans leur insolente réussite financière. Dans un contexte où la planche à billets tournait en continu et où l'argent des investisseurs coulait à flots, ces mastodontes ont acquis une richesse colossale, ne laissant aux autres que des miettes. Il n'y a eu d'argent facile que pour ceux qui en possédaient déjà beaucoup...

Pour s'en convaincre, il n'est qu'à mentionner la capitalisation boursière des Gafam : début 2022, celle d'Apple flirtait avec les 3 000 milliards de dollars, celle de Microsoft représentait 2 500 milliards, celle d'Alphabet (Google) 1 900 milliards, celle d'Amazon 1 700 milliards et celle de Facebook près de 1 000 milliards[19]. Cumulés, ces chiffres dépassent le produit intérieur brut (PIB) d'un pays comme le Japon (environ 5 400 milliards), troisième nation la plus riche au monde selon le Fonds monétaire international (FMI).

Alors que les plus optimistes avaient prédit que l'émergence des plateformes coïnciderait avec l'extension de l'économie de partage et une meilleure répartition des fruits de la croissance, nous avons plutôt observé une concentration des richesses et une polarisation sur le marché du travail.

---

[19] Yahoo Finance, janvier 2022.

Même les entreprises qui avaient suscité l'espoir d'un monde nouveau ont fini par trahir leur promesse originelle. Uber est sans doute l'exemple le plus emblématique de ces ambiguïtés et de ces attentes déçues. Au début, ce service n'a eu que des avantages pour les consommateurs et les travailleurs : il a brisé le monopole des taxis et permis d'offrir un job à des jeunes, issus de quartiers difficiles ou de l'immigration, qui n'avaient pas de perspectives d'intégration. On leur donnait un emploi, l'habitude de porter un costume et l'opportunité de percevoir des rémunérations attrayantes. Cela avait un intérêt pour tout le monde. Mais au fil du temps, Uber est tombé dans les travers de la course aux profits et a appliqué de vieilles recettes : l'entreprise a méprisé son réseau, augmenté les commissions prélevées aux chauffeurs et engendré des tensions.

Les réseaux sociaux : bienvenue dans la dictature numérique

Derrière la promesse de liberté digitale, il y a également de nouvelles logiques d'enfermement qui sont à l'œuvre. Sommes-nous plus libres en étant enchaînés à nos smartphones, à la manière de menottes électroniques ? Quelle « liberté d'expression » défendons-nous lorsque nous permettons à des trolls et des *haters*, protégés par le secret de l'anonymat, de salir notre réputation ou de répandre des propos racistes ?

Alors qu'il faudrait un Web plus propre où chacun parlerait en son nom, nous avons déresponsabilisé les individus en tolérant l'anonymat. Il s'agit d'une fausse liberté qui encourage en réalité les instincts les plus primaires et les plus détestables.

Les meutes digitales pratiquent le cyberharcèlement en toute impunité. Qu'elles agissent dans les rues ou sur Internet, les foules cagoulées produisent rarement des choses positives.

Les politiques de publication, normes rédactionnelles et autres règles édictées par les réseaux sociaux n'y changent rien. Elles posent même plus de problèmes qu'elles n'en résolvent. Au nom de quels principes Facebook et Twitter s'arrogent-ils le droit de tolérer tel contenu, de censurer tel autre et de s'ériger en arbitres des élégances ? Faute d'une régulation assumée par les pouvoirs publics, nous avons délégué à ces plateformes digitales des prérogatives exorbitantes. Nous leur laissons le champ libre pour se transformer en nouveaux inquisiteurs.

Web3 : la migraine passée, les bonnes résolutions ?

Le Web3, un *buzzword* de plus ?

À l'issue de ce tour d'horizon, le constat est clair : après une dizaine d'années à plonger dans le bouillonnement de la civilisation digitale, abreuvés par les dealers de rêves du numérique, nous nous réveillons avec une sacrée gueule de bois. L'euphorie des premiers temps laisse place au sentiment d'un lendemain de cuite. Nous redescendons de notre nuage et nous nous demandons où nous allons atterrir. Tout a été tellement vite que nous avons été dépassés. Nous n'avons pas pris le temps de nous poser et de réfléchir au sens de ces évolutions.

Naturellement, aucun d'entre nous ne souhaiterait revenir en arrière et se priver des bénéfices – incontestables – que nous a apportés le digital. Mais qu'allons-nous en faire de positif ? Maintenant que nous avons plus de maturité dans nos usages, serons-nous capables de corriger les erreurs de jeunesse du Web et de convertir le potentiel des innovations à venir en atouts pour nos sociétés ? C'est tout l'enjeu des prochaines années : « Nous avons choisi des instruments et nous les aimons : mais a-t-on pris soin d'évaluer les conséquences que leur utilisation aura sur notre façon d'être au monde, voire sur notre intelligence et, dans les cas extrêmes, sur notre idée du bien et du mal ? Y a-t-il un projet d'humanité derrière ce que font les Gates, Jobs, Bezos, Zuckerberg, Brin et Page, ou ne s'agit-il que de brillantes trouvailles de business qui produisent, sans le vouloir et un peu au hasard, une humanité nouvelle[20] ? »

Depuis quelque temps, un nouveau *buzzword* a fleuri dans le jargon des journalistes, experts, gourous de la tech et autres commentateurs avides de disruption : le Web3. Derrière ce terme, il y a la promesse d'une transposition du réel dans le digital avec la possibilité d'obtenir une représentation complète et exhaustive du monde physique dans la sphère virtuelle. Toutes les technologies sont déjà à disposition : la blockchain, les cryptomonnaies et le metaverse.

Hélas, nous n'avons pas encore trouvé de finalité à cette nouvelle vague d'inventions.

[20] Alessandro Baricco, *The Game*, *op. cit.*

Les NFT : les nouveaux .com ?

Ces emballements concernent aussi les NFT (*Non Fongible Token*), des jetons numériques non réplicables, dotés d'un certificat d'authenticité, qui sont le plus souvent représentés sous forme d'images ou de GIF (*Graphic Interchange Format*, « format d'image animée »). En France, la start-up Sorare a connu un véritable succès en se lançant sur ce marché et en reprenant « l'idée des cartes de joueurs de football Panini à coller dans des albums, mais de façon numérique. [...] Les utilisateurs de Sorare constituent des équipes qui s'affrontent dans des championnats virtuels et qui sont d'autant plus fortes qu'elles sont composées de joueurs rares[21] » dont les performances varient en fonction de leur état de forme sur le terrain, dans la vie réelle. Si la plateforme séduit les passionnés du ballon rond et les collectionneurs, elle suscite également la convoitise des investisseurs : « Acheter la carte d'un joueur peu connu mais qui perce en réalisant de bonnes performances sur le terrain permet ensuite de le revendre plus cher[22]. » Ici comme ailleurs, la spéculation bat son plein.

Sorare étant un jeu, on peut à la rigueur admettre qu'il existe un usage autour de ses NFT. Mais dans d'autres cas, c'est beaucoup moins certain. Que penser du Bored Ape Yacht Club qui a lancé des avatars de têtes de singes s'échangeant en moyenne pour 150 000 dollars l'unité ? Ou des CryptoPunks, ces créatures ultrapixélisées, dont l'un des personnages (le numéro 7523) s'est vendu à plus de 11,7 millions de dollars en juin 2021 ?

---

[21] Philippe Herlin, *Bitcoin. Comprendre et investir*, Paris, Eyrolles, décembre 2021.
[22] *Ibid.*

Personne ne sait à quoi servent ces images que chacun a tout loisir de reproduire ou de copier à sa guise malgré la présence d'un certificat d'authenticité... N'importe qui peut afficher sur son profil Twitter, LinkedIn ou Facebook un portrait de ces singes ou de ces punks sans même en posséder l'original. Dans l'attente d'une redéfinition de la propriété intellectuelle et artistique au sein de la sphère digitale, beaucoup de ces NFT ressemblent – sans mauvais jeu de mots – à une monnaie de singes. Cela rappelle furieusement la vague des .com au début des années 2000, lorsque des noms de domaine s'arrachaient à prix d'or... avant de voir leur valeur s'effondrer.

Le metaverse : de la 2D à la 3D

L'autre concept qui fait fureur à l'heure du Web3 est celui de metaverse : un univers qui transpose le monde physique dans la galaxie digitale en abolissant les contraintes du réel. Avec la maîtrise croissante de la 3D et les environnements graphiques incroyables proposés par les casques de réalité virtuelle (*Virtual Reality* [VR]), les résultats sont déjà bluffants. Ces dispositifs parviennent sans mal à tromper notre cerveau et à nous convaincre que nous sommes en train de skier, de conduire une formule 1 ou de piloter un avion.

Grâce à des technologies qui vont devenir de plus en plus immersives (pourquoi ne pas digitaliser l'intégralité de nos cinq sens ?) et simplifier ce qui relève des interactions et de l'interface hommes-machines (IHM), le metaverse sera sans doute l'une des grandes innovations des prochaines années.

Il devrait notamment transformer le secteur du e-commerce en offrant aux consommateurs des expériences inédites dans le choix de leurs articles, l'essai de leurs vêtements ou la visite de magasins. En la matière, les possibilités sont immenses.

L'enjeu est toutefois de déterminer ce que nous ferons du metaverse. Rencontrer des gens, contempler des paysages magnifiques, se distraire ? Certes, les perspectives sont réjouissantes. Mais à quoi cela nous sera-t-il véritablement utile ? Les nouvelles technologies doivent toutes être soumises à cette interrogation. Pensons à l'imprimante 3D qui était présentée comme une rupture majeure : les particuliers allaient fabriquer des objets depuis leur domicile et devenir des « Makers[23] » !

L'industrie allait être chamboulée par ces machines, ce serait l'équivalent d'une nouvelle révolution industrielle ! Dans les faits, rien de tel... Quand le phénomène de mode s'est estompé, on a compris que cette innovation n'avait aucun intérêt pour les particuliers, si ce n'est d'imprimer des figurines ou des gadgets dont ils n'avaient pas besoin. Si nous ne voulons pas reproduire les erreurs qui ont été commises avec l'avènement d'Internet et du Web2, il est urgent de clarifier les objectifs. Pour la plupart des personnes, les mots « blockchain », « cryptomonnaies » ou « metaverse » ressemblent à des concepts ésotériques, à quelque chose de très flou, un peu comme le Web à ses débuts.

---

[23] Chris Anderson, *Makers. La nouvelle révolution industrielle*, Paris, Pearson, novembre 2012.

Pour que ces innovations inspirent confiance, touchent un public large et répondent à de vrais besoins, nous devons prendre une autre direction que celle choisie par les pionniers de ce secteur : les inventeurs de Bitcoin, d'Ethereum ou encore du Dogecoin.

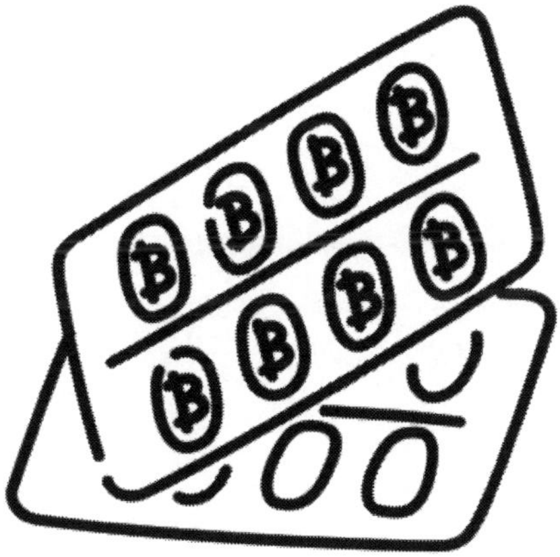

Chapitre II. Les cryptos : l'oasis numérique

« Quelle valeur ajoutent les cryptomonnaies ? Personne n'a jamais pu m'expliquer ça. »
Steve Eisman, célèbre investisseur

Si la première transaction en bitcoin (BTC) a eu lieu le 3 janvier 2009[24], le fonctionnement des cryptomonnaies continue toujours d'intriguer le grand public. Une aura énigmatique plane au-dessus de ce secteur. Est-ce un nouvel Eldorado ? Une arnaque, façon pyramide de Ponzi ? Une simple mode qui finira par retomber ? Ou une révolution technologique majeure comparable à l'invention d'Internet ?

Malgré la popularité croissante de ces actifs ou jetons numériques (*token*) – en 2022, 82 % des Français en ont entendu parler, contre 54 % en 2021[25] –, peu de personnes sont familières avec l'écosystème des cryptomonnaies, avec son vocabulaire technique et avec ses anglicismes réservés aux initiés. L'utilisation d'une devise électronique ou virtuelle demeure plus ou moins mystérieuse pour la population.

Euros et crypto : quelles différences ?

Pourtant, dans la vie de tous les jours, nous utilisons déjà de l'argent dématérialisé avec la monnaie scripturale. C'est par exemple le cas lorsque nous effectuons un paiement par carte bleue. Notre banque et celle du commerçant échangent entre elles des fichiers, ce qui permet de transférer la somme de notre compte à celui du vendeur. De ce point de vue, les cryptomonnaies n'ont rien d'original ou de révolutionnaire.

---

[24] Philippe Herlin, *Bitcoin. Comprendre et investir*, *op. cit.*

[25] Ifop, « Cryptomonnaies et NFT : folie spéculative ou révolution technologique ? », 9 février 2022.

Devises traditionnelles et cryptomonnaies : trois différences

Cependant, il existe au moins trois caractéristiques qui différencient les cryptos des devises traditionnelles. Premièrement, elles reposent en théorie sur un principe d'anonymat. Quand quelqu'un envoie des cryptomonnaies depuis son portefeuille (*wallet*), on ne connaît pas son identité. Pour être précis, il faudrait plutôt parler de « pseudonymat » dans la mesure où toutes les transactions sont répertoriées et où l'adresse du *wallet* de l'utilisateur est publique, ce qui offre des possibilités de remonter jusqu'à lui.

Deuxièmement, les cryptomonnaies sont tracées et quantifiées de manière précise. Aujourd'hui, notre compte bancaire ressemble à une sorte de cellule Excel qui est créditée quand nous recevons un salaire et débitée quand nous faisons une dépense. Mais derrière ces montants en euros, il n'y a pas vraiment de billets avec un numéro de série que l'on peut suivre. À l'inverse, pour les cryptos, chaque unité de monnaie ou chaque jeton est désigné et possède une unicité. Les problèmes liés à la traçabilité sont résolus, ce qui favorise la sécurité et la confiance : rien ne se crée, rien ne se perd, tout s'échange. Grâce au processus de « tokenisation », on garantit la propriété des actifs numériques.

Troisièmement, ce système s'appuie sur la blockchain, un registre public infalsifiable qui consigne l'ensemble des transactions réalisées. C'est un peu comme si nous mettions notre relevé de compte, à la vue de tous, sur Internet.

La blockchain est à l'image de l'obélisque de la place de la Concorde : il est impossible d'en modifier les écritures ; tout est gravé dans le marbre et on ne peut qu'y ajouter des éléments, jamais en retrancher.

Cryptomonnaies : liberté, sécurité, intégrité ?

L'autre intérêt de ces actifs numériques réside dans les aspects cryptographiques qui sont l'équivalent du pouvoir de signature et où interviennent deux éléments, la clé publique et la clé privée : « La clé publique permet d'effectuer des paiements à l'adresse du portefeuille du destinataire, tandis que la clé privée [...] permet de transférer de la cryptomonnaie. La clé privée joue le rôle de mot de passe pour l'accès au compte et la clé publique permet de vérifier publiquement la signature sans que la clé privée ne soit dévoilée[26]. » Autrement dit, celui qui détient cette dernière peut signer, tout le monde peut vérifier que c'est bien lui qui a apposé sa signature, mais personne ne peut l'imiter. Là encore, il s'agit d'un gage de sécurité.

À l'exception de l'anonymat – un principe paradoxal dans un écosystème de transparence et de registre public –, tous ces éléments constituent des avancées intéressantes sur le plan technique. L'apparition de la blockchain et des cryptomonnaies a apporté des réponses concrètes en matière de traçabilité, de sûreté et de confiance, soit des enjeux critiques pour l'avenir de la civilisation digitale. Mais ces innovations ne sont que des moyens. Pourquoi a-t-on créé le BTC et tant d'autres crypto-actifs (environ vingt mille à l'été 2022) ? Quelles en sont l'utilité et la finalité réelles ? Qu'apportent-ils de positif à nos sociétés ?

---

[26] Philippe Herlin, *Bitcoin. Comprendre et investir*, *op. cit.*

C'est précisément lorsqu'on se penche sur ces questions que le bât blesse. Que l'on évoque la création, la conception ou l'utilisation des cryptos, le même constat finit par s'imposer : les concepteurs de ces monnaies virtuelles ont commis des erreurs de jeunesse qui en limitent l'intérêt et les effets bénéfiques. Pire, jusqu'à présent, les cryptomonnaies ont engendré plus de difficultés qu'elles n'en ont résolu. Aberrations sur le plan écologique, elles ne font que transposer dans la sphère digitale des problèmes qui existent dans le monde réel. Quant à l'attrait qu'elles suscitent, il est davantage alimenté par une folie spéculative que par des motivations d'intérêt général. Ce sont autant d'écueils qu'il faudra corriger si nous voulons utiliser la technologie des blockchains à des fins positives.

Tabous et mystères autour des cryptos

Création et minage : l'injustifiable aberration écologique

La première erreur est d'avoir voulu rémunérer les participants au travers du minage, le procédé de sécurisation et de validation des transactions faites sur une blockchain. Pour mener à bien leurs tâches, les « mineurs » de BTC se servent de programmes informatiques et d'ordinateurs ultraperformants qu'ils font tourner vingt-quatre heures sur vingt-quatre dans des *data centers*. Leur objectif : obtenir une récompense en BTC. On emploie le terme « mineurs » parce que ces personnes creusent dans l'univers informatique à la recherche d'un nouveau trésor : la cryptomonnaie.

Ce procédé très énergivore est également appelé *proof of work* (« preuve de travail »), les ordinateurs devant résoudre des équations, des puzzles et des calculs très complexes, ce qui est censé sécuriser le réseau et décourager le piratage[27].

Bien sûr, cette méthode représente une véritable hérésie du point de vue écologique. Les fermes de minage ont des conséquences au moins aussi désastreuses que l'élevage intensif dans le domaine agricole. Selon une étude menée par Selectra, la consommation annuelle d'électricité liée au BTC représente 134 TWh en 2022, soit environ 0,6 % de la consommation mondiale. Des estimations presque identiques (143 TWh) ont été obtenues par l'université de Cambridge.

À l'échelle d'un pays, cela correspond au vingt-sixième consommateur d'électricité de la planète, soit davantage que l'Argentine ou la Suède. Si l'on intègre les transactions et le minage, l'impact environnemental d'une unité de BTC se situe autour de 169 tonnes de CO_2 : très concrètement, cela équivaut à l'empreinte carbone de près de 90 trajets en Boeing entre Paris et New York. La majorité de l'électricité utilisée par le minage provient en effet d'énergies fossiles[28].

Pour contrebalancer ces critiques et limiter les coûts énergétiques, certaines blockchains utilisent un autre système : le *proof of stake* (« preuve d'enjeu » ou « preuve de détention »). C'est notamment le cas du réseau Ethereum (ETH) qui a décidé de renoncer au *proof of work* à partir de septembre 2022.

---

[27] *Ibid.*

[28] Selectra Climate Consulting, « Bitcoin et écologie : la pollution par les cryptomonnaies », climate.selectra.com, 17 février 2022.

Avec ce procédé, il est demandé aux mineurs de mettre en jeu une partie des cryptomonnaies qu'ils détiennent pour valider les transactions et être rémunérés ; si l'on s'aperçoit qu'ils fraudent ou commettent des erreurs, ils prennent le risque de perdre leurs jetons. Bien que cette méthode soit plus écoresponsable, elle introduit d'autres écueils, à commencer par un renforcement des inégalités. Seuls les plus fortunés peuvent devenir validateurs, continuer de s'enrichir et détenir un droit de vote bien supérieur aux autres utilisateurs. La promesse d'un Web plus égalitaire et plus décentralisé est loin de se concrétiser.

Bitcoin : un créateur bien mystérieux, Satoshi Nakamoto ?

Le deuxième souci est associé à la fondation même du BTC. Son inventeur se fait appeler Satoshi Nakamoto et a publié un document de référence, en 2008, pour expliquer le fonctionnement du réseau : *Bitcoin, A Peer-to-Peer Electronic Cash System* (« Bitcoin : un système de paiement électronique pair-à-pair »). Or, personne ne sait qui se cache derrière ce pseudonyme. Est-ce un homme, une femme ou un groupe de personnes ? Un Américain, un Australien ou un Japonais ? Un consortium d'entreprises dont les initiales donnent la clé du mystère (« Sa » pour Samsung, « Toshi » pour Toshiba, « Naka » pour Nakamichi et « Moto » pour Motorola)[29] ? Est-il vivant ou décédé ? Le jeu de piste alimente les théories complotistes les plus folles.

---

[29] Nelly Lesage, « Qui est Satoshi Nakamoto ? Découvrez les théories sur le mystérieux inventeur du bitcoin », numerama.com, 17 juin 2021.

Cette figure fait en quelque sorte penser à Keyser Söze, dans le film mythique de Bryan Singer, *Usual Suspects* (1995) : un personnage dont nul ne connaît l'identité, mais qui semble détenir un pouvoir hors du commun. En l'occurrence, un portefeuille personnel d'environ 1 million de BTC (sur un total maximum de 21 millions de jetons), soit une fortune de plusieurs dizaines de milliards de dollars. Le cours du BTC pourrait s'effondrer du jour au lendemain si Satoshi Nakamoto décidait de se séparer de ses crypto-actifs. Et convenons-en, il est difficile d'avoir confiance en un projet dont le fondateur refuse de se montrer... comme s'il cherchait à dissimuler quelque chose de louche.

Ce mystère autour de la personnalité du fondateur rejoint en partie la problématique de l'anonymat qui est érigée en dogme intangible par de nombreux promoteurs de l'écosystème des cryptos. Pourquoi vouloir à tout prix masquer l'identité du détenteur d'un *wallet* alors que l'adresse du portefeuille et les transactions sont consultables sur un registre public ? Cela ne peut qu'accentuer les soupçons qui pèsent sur l'économie des cryptomonnaies : achats sur le *Dark Web*, financement d'activités illégales, fraudes, tentatives d'évasion fiscale, etc. Autant de dérives qui ont poussé l'OCDE (Organisation de coopération et de développement économiques) et l'Union européenne à mieux encadrer cette classe d'actifs et à demander plus de garanties aux plateformes de trading sur la vérification de l'identité de leurs utilisateurs[30].

---

[30] C'est notamment le cas du projet de règlement Mica (*Markets in Crypto-Assets*) voté le 14 mars 2022 par la Commission des affaires économiques et monétaires du Parlement européen pour mieux réguler le marché des crypto-actifs.

La décentralisation : fer de lance de la liberté ?

L'anonymat n'est pas le seul principe à faire l'objet d'un culte : la décentralisation est également considérée comme une règle d'or par la plupart des concepteurs et développeurs du monde des cryptos. À l'origine, il s'agissait de contourner l'autorité des banques centrales et de répondre à la défiance qui existait vis-à-vis des grandes institutions financières : un rejet d'autant plus virulent après la crise des *subprimes* de 2008. Plus généralement, précisons que « cette culture décentralisée, non hiérarchique, fait partie de l'"ADN" d'Internet et [qu']elle est revendiquée par une partie importante de la communauté des développeurs[31] ». C'est cette philosophie que l'on retrouve dans l'univers du logiciel libre ou dans la conception de l'encyclopédie en ligne Wikipédia où les articles résultent d'un consensus ou d'un accord entre les différents contributeurs[32].

Dans la galaxie des cryptos, les mécanismes de décentralisation et de consensus ne sont pas forcément appliqués à bon escient. Pour valider des transactions financières et des transferts monétaires, cela s'avère complètement inutile. Nous n'avons pas besoin de processus aussi complexes. Par exemple, dans un avion nous n'aurions pas l'idée de demander aux passagers de voter pour approuver les décisions du commandant, son plan de vol et ses changements de cap. Nous nous reposons sur une autorité ou une expertise qui joue le rôle de figure de confiance.

---

[31] Philippe Herlin, *Bitcoin. Comprendre et investir*, *op. cit.*
[32] *Ibid.*

Lors de l'achat d'une maison, c'est le notaire qui remplit cette mission en enregistrant les titres de propriété dès qu'un accord a été trouvé entre l'acquéreur et le vendeur. D'ailleurs, cette organisation marche à la perfection, ou presque, depuis des siècles. Ainsi, le rejet de toute autorité centrale n'a aucun sens, sauf pour un ado rebelle ou un militant anarchiste...

De plus, la décentralisation repose sur des présupposés discutables, voire erronés. D'abord, on imagine que la majorité a toujours raison et que ce qui est consensuel est juste. Au regard de l'histoire des sociétés humaines, rien n'est plus faux. Ensuite, ce fonctionnement comporte des failles : si l'on réussit à pervertir 51 % des rouages du système, c'est toute la monnaie qui est corrompue. La décentralisation n'est donc pas un gage de sécurité et de confiance à 100 %.

Que les utilisateurs et détenteurs de cryptomonnaies participent, grâce à leur vote, à la gouvernance des projets n'est pas une idée absurde, bien au contraire. Mais croire que la décentralisation doit s'appliquer à l'ensemble des mécanismes de l'écosystème des cryptos est un leurre et une approche naïve.

Des cryptos pour quelle finalité ?

Ce qui est encore plus problématique, c'est l'utilisation qui est faite des cryptomonnaies. Pourquoi les individus en achètent-ils ? Sont-ils réellement convaincus de contribuer à l'avènement d'un monde plus décentralisé et plus participatif ? Et surtout, comment se servent-ils, concrètement, de leurs crypto-actifs ?

En réalité, les raisons sont très prosaïques. Les motivations qui animent l'écrasante majorité des possesseurs de cryptos sont simples : spéculer et s'enrichir rapidement. Attirés par le mirage de l'argent facile – sans anticiper les désillusions qui vont avec –, ils investissent dans l'espoir d'amasser de gros gains. Selon un sondage mené par l'Ipsos en décembre 2021, 60 % des Français qui « envisagent d'en acquérir disent être motivés par la recherche de rendement. Les deux autres facteurs majoritaires sont la volonté de réaliser un placement à long terme (38 %) et se protéger de l'inflation (22 %) », loin devant le manque de confiance vis-à-vis des banques (12 %), l'anonymat des transactions (10 %) ou une adhésion idéologique au modèle des cryptos (7 %)[33]. Alors que l'essence d'une monnaie est d'être un moyen de paiement, très rares sont ceux qui invoquent ce motif de détention. Pour 79 %, cela reste un pur produit de spéculation[34].

Il faut dire que la machine à spéculer est alimentée par la trajectoire fulgurante de certains crypto-actifs, dont la valeur a été multipliée en quelques mois par 1 000, 10 000, 100 000, voire davantage. Le cas le plus emblématique de cette folie est celui des « Memecoins » (parfois baptisés « Shitcoins ») qui tirent leur nom de ces images virales circulant sur les réseaux sociaux. Les plus connus sont le Dogecoin et le Shiba Inu, symbolisés par une tête de chien.

---

[33] Adan et KPMG, *La Crypto en France : structuration du secteur et adoption par le grand public*, adan.eu, février 2022.
[34] Ifop, « Cryptomonnaies et NFT : folie spéculative ou révolution Technologique », art. cit.

Bien qu'elles n'aient aucun usage spécifique, ces cryptomonnaies ont intégré le top 10 des plus grosses capitalisations boursières du secteur. En mars 2022, le Dogecoin – qui avait été créé comme une plaisanterie en 2013 – a ainsi atteint les 73 milliards de capitalisation, soit plus que les entreprises Renault, Bouygues, Carrefour, Veolia et la Société Générale réunies[35] ! Zéro utilité mais une « valeur » monstrueuse.

De la spéculation à l'arnaque, il n'y a hélas qu'un pas. Les escrocs n'ont aucun mal à exploiter l'appât du gain et à berner le grand public. À l'automne 2021, au moment où la série *Squid Game* devenait un phénomène mondial sur Netflix, des malfaiteurs ont lancé un jeton qui était censé donner accès à un jeu en ligne. L'engouement a été au rendez-vous et a sans doute dépassé toutes leurs attentes puisque le prix de cette cryptomonnaie a décollé entre le 26 octobre et le 1er novembre 2021, passant de 1 centime à 2 800 dollars… pour aussitôt s'effondrer et flirter avec 0 dollar : « Entre-temps, les créateurs anonymes du Squid Game ont empoché au moins 3,4 millions de dollars (2,9 millions d'euros) selon le site d'enregistrements de transaction BscScan.

Ce type d'arnaque appelé "Rug Pull", lorsque le créateur d'un fonds d'investissement stoppe son activité et s'enfuit avec l'argent collecté, est fréquent dans le secteur des monnaies virtuelles[36]. »

---

[35] Caroline Courvoisier, « Cryptomonnaie : le Dogecoin, une "blague" qui atteint des sommets », ideal-investisseur.fr, 22 mars 2022.
[36] « Cryptomonnaie "Squid Game" : une escroquerie à 3 millions d'euros », tf1info.fr, 3 novembre 2021.

C'est l'une des conséquences malheureuses de la quête d'argent facile : de trop nombreuses personnes investissent dans les cryptomonnaies sans se renseigner sur les fondamentaux des projets, leur modèle d'affaires et l'identité des fondateurs.

Repartir des besoins

Quand on lance un produit, un service ou n'importe quelle innovation, il est impératif de questionner son utilité profonde. Il faut toujours repartir des besoins pour comprendre les attentes et les aspirations des consommateurs. Dans notre existence quotidienne, ce ne sont pas la voiture, la trottinette ou l'avion qui constituent notre besoin ; ce ne sont que des moyens. Notre vrai besoin, c'est la mobilité, la nécessité de se déplacer.

Dans un contexte d'accélération technologique où l'on nous promet des disruptions tous les matins, nous avons trop fréquemment tendance à nous concentrer sur les moyens. Voilà pourquoi nous n'avons pas encore réussi à transformer les innovations digitales en de réels progrès, malgré des avancées positives. Nous n'avons pas assez réfléchi à la façon dont le numérique pouvait combler les besoins élémentaires des individus et du collectif, au premier rang desquels figurent la reconnaissance, le sens, la paix, la sécurité, la liberté et la justice.

Chapitre III. De quoi avons-nous vraiment besoin ?

« L'homme est plein de besoins : il n'aime que ceux qui peuvent les remplir tous. »

Blaise Pascal, philosophe et mathématicien français

Quand le Web s'est démocratisé, beaucoup pensaient que cette révolution rapprocherait les individus en encourageant la communication, l'échange, la tolérance et le partage d'idées. La Toile était censée se transformer en une vaste agora où la délibération et le consensus retrouveraient un nouveau souffle : le socle d'une société pacifiée. Un rêve trop beau pour être vrai ?

Le besoin de paix

Pour l'instant, il faut admettre que cet idéal reste encore lointain. Marqué par l'effervescence des réseaux sociaux, le digital a engendré de nouvelles conflictualités. La culture du clash, la calomnie et la rumeur sont l'envers d'une communication moderne où l'anonymat joue un rôle délétère : il autorise tous les excès et la libération d'une parole qui reflète le pire de l'âme humaine. On ne le soulignera jamais assez, mais l'anonymat est une grave erreur de jeunesse de la civilisation de l'Internet. En finir avec ce principe serait le meilleur moyen de supprimer la majorité des dérives régnant sur le Web.

L'autre défaut de cette communication 2.0, c'est qu'elle se dilue et perd en efficacité. Avant, si on rédigeait une lettre, on prenait le temps d'écrire et de réfléchir aux informations échangées. Il en allait de même lorsque nous passions un coup de téléphone – payant – et qu'il fallait économiser nos mots. De nos jours, la communication est devenue plus intempestive. On envoie tout et n'importe quoi, sans hiérarchiser les priorités et les interlocuteurs. Les messages ont plus de mal à toucher leur but et certains sont tellement abrupts qu'ils sont perçus comme des agressions. Rien qui puisse favoriser des rapports apaisés entre individus...

Le besoin de sécurité

Cette ambivalence du digital apparaît aussi dans le domaine de la sécurité. Grâce à la généralisation des portables, des smartphones et des services de messagerie instantanée, nous bénéficions de facilités pour surveiller nos enfants, s'assurer de la bonne santé de nos aînés et nous protéger de certains dangers. Nous pouvons bloquer à distance une carte bancaire volée, signaler en direct une agression ou prévenir la population de l'imminence d'une catastrophe. Quant aux applications de géolocalisation, elles se révèlent précieuses pour retrouver des objets dérobés, secourir des victimes et sauver des vies. Reposant sur l'immédiateté et la traçabilité, les moyens de communication et d'information modernes offrent un cadre plus rassurant aux citoyens.

A contrario, notre vie privée semble de moins en moins sûre. Nous sommes plus facilement la proie d'intrusion, d'espionnage ou de vol de données personnelles. Comme les individus peu familiarisés avec les enjeux de la cybersécurité, d'autres menaces apparaissent : faute de sécurisation, les objets connectés (Babyphone, enceintes vocales, balances intelligentes, etc.) deviennent une porte d'entrée grande ouverte pour tous les pirates informatiques ; quant aux tentatives de *phishing* et de *ransomware*[37], elles s'avèrent toujours plus sophistiquées, exposant chaque internaute à de sévères déconvenues. Pour un criminel du XXIe siècle, il est beaucoup plus simple de rançonner un particulier ou une entreprise que de braquer une banque.

---

[37] « Un rançongiciel ou *ransomware* en anglais est un code malveillant qui bloque l'accès à votre appareil ou à des fichiers en les chiffrant et qui vous réclame le paiement d'une rançon pour obtenir le déchiffrement de vos données », cybermalveillance.gouv.fr, 2 mars 2022.

En définitive, le digital accroît de façon exponentielle nos besoins en sécurité. Renforcer cette composante sera un point déterminant pour l'ensemble des entreprises et des consommateurs : si nous souhaitons continuer de profiter des bienfaits de la civilisation digitale en toute confiance, il sera indispensable de mieux sécuriser nos usages.

Le besoin de liberté

Dans ce monde de communication élargie, nous avons naturellement le sentiment d'être plus libres. Quels que soient le jour et l'heure, nous contactons qui nous voulons, partout sur la planète. Les frontières et les barrières techniques explosent, permettant de naviguer au gré de nos envies et de nos besoins (voire de nos caprices), sans la moindre contrainte : acheter en un clic, commander un Uber ou un taxi G7, se faire livrer un repas à 23 heures, regarder une série en replay, etc. Internet est un terrain de jeu infini.

Mais ce paradis du divertissement et de la consommation cache son pendant négatif : un petit enfer de l'addiction qui nous emprisonne, à la manière de chaînes électroniques, derrière nos écrans. Ce que nous avons gagné en liberté, nous l'avons peut-être aussi perdu en autonomie, en discernement et en sociabilité. Dépourvus de repères en l'absence de nos smartphones, même quand nous sommes au milieu de nos proches et de nos collègues, nous avons développé une accoutumance qui a parfois de quoi inquiéter[38].

---

[38] Cf. chapitre I.

De plus, nous avons laissé les Gafam étendre leur emprise sans en mesurer toutes les conséquences. À l'image de la souveraineté des États, qui est remise en cause par ces géants du numérique, notre libre arbitre est fragilisé : dépendance aux services digitaux ; contrôle de la parole autorisée sur les réseaux sociaux ; profilage de nos habitudes quotidiennes ; utilisation de nos données personnelles (malgré le règlement général sur la protection des données ou RGPD) ; intrusion dans notre vie privée. Au bout du compte, nous payons assez cher ce qui avait été présenté comme un don par les généreux bienfaiteurs du Web. Comme le dit un célèbre adage : « Si c'est gratuit, c'est que vous êtes le produit. » Est-ce une liberté que d'être ainsi relégués au rang d'objets de consommation ?

Le besoin de justice

Si l'intégrité des personnes est un sujet capital, leur dignité l'est au moins autant, si ce n'est davantage. Quelle place trouve chaque citoyen au sein de cette société en plein décollage technologique ? Trop d'individus sont exclus ou en marge de la communauté. Quand on regarde la réalité en face, on ne peut que l'observer : le besoin de justice sociale est devenu un défi critique.

À défaut d'égalité réelle – qui demeure probablement une utopie –, les citoyens aspirent à une forme d'équité, à une réduction des injustices les plus criantes, à une reconnaissance de leurs efforts et à une meilleure répartition des richesses. Pour se limiter au cas de la France, il n'est pas admissible que des millions de personnes vivent en dessous du seuil de pauvreté ou soient condamnées à vivoter alors qu'elles ont un travail et qu'elles respectent le contrat social.

Dans le cadre de la civilisation digitale, ces inégalités et ces écarts se sont renforcés. Au lieu de susciter une contre-réaction, le capitalisme a multiplié les excès. Avec la course aux utilisateurs, aux profits et aux rentes de monopole, les plateformes numériques ont fait leur la logique du *winner takes all*, « le gagnant prend tout », laissant aux autres le soin de se partager les miettes… C'est « l'économie du partage des restes[39] » ! Seuls les plus forts tirent leur épingle du jeu et captent un maximum de richesses. Les moyens et les faibles sont hors jeu.

En parallèle, ce bond technologique polarise le marché du travail entre des profils à haute valeur ajoutée et des emplois peu qualifiés. Les classes moyennes des pays occidentaux sont laminées et le nombre de travailleurs précaires augmente aux quatre coins de la planète. Le digital est un catalyseur de ces dysfonctionnements : « La polarisation de l'emploi et la hausse des inégalités de salaire s'expliquent d'abord par la nature du changement technologique récent. La révolution numérique et ses applications dans l'informatique et l'Internet ont révolutionné l'organisation des entreprises et par ricochet le monde du travail.

---

[39] Expression popularisée par l'ancien secrétaire d'État au Travail de Bill Clinton, Robert Reich : « *The Share-the-Scraps Economy.* »

Comme les précédentes révolutions technologiques, ces innovations ont produit des gagnants et des perdants mais jamais le gouffre entre les deux n'a été aussi béant[40]. » La Silicon Valley donne un parfait exemple de ces disparités. En une décennie, les inégalités y ont augmenté deux fois plus vite que dans le reste des États-Unis[41] : d'un côté, des ingénieurs et des développeurs, convoités par les plus grandes entreprises, qui surfent sur la vague de la tech et touchent des salaires mirobolants ; de l'autre côté, des infirmières et des personnes occupant des postes intermédiaires qui ne parviennent plus à se loger et sont contraintes de vivre dans leurs voitures ou dans des camping-cars, à quelques centaines de mètres des locaux de Google... Le symbole même d'un système à bout de souffle.

La révolution digitale a également encouragé une atomisation des tâches avec des individus qui sont rémunérés pour effectuer de microjobs en échange de quelques centimes : on trouve depuis quelques années des *clickworkers* (« travailleurs du clic »), employés par des entreprises comme Amazon, afin de nourrir l'algorithme de la plateforme. Connectés depuis leur domicile, ces nouveaux forçats de l'industrie 2.0 sont payés une misère pour leurs services : « Transcrire une vidéo de 35 secondes, 5 cents. Écrire la description commerciale d'un produit, 12 cents. Noter des photos d'hommes pour un site de rencontres, 3 cents. Répondre à une étude scientifique, 10 cents[42]. » Cela fait plus penser au travail à la chaîne dans les usines du XIXe siècle qu'à un métier en rapport avec les nouvelles technologies.

---

40 Gregory Verdugo, « La polarisation des marchés du travail », ses.ens-lyon.fr, 25 août 2020.

41 Corine Lesnes, « Dans la Silicon Valley, les capitalisations boursières s'envolent, mais les inégalités sont toujours plus criantes », lemonde.fr, 26 février 2021.

42 Grégoire Orain, « Sur Amazon Turk, les forçats du clic », lemonde.fr, 22 mai 2017.

Ces inégalités criantes ne pourront pas durer. Chacun sait, en son for intérieur, que nous devrons changer de logiciel si nous voulons éviter une explosion de nos sociétés. Offrir une réponse aux millions de citoyens qui manquent de reconnaissance et de dignité n'est plus une option mais une nécessité absolue. Face aux excès du capitalisme et aux déséquilibres de la civilisation digitale, un véritable mouvement au service de la redistribution s'impose.

Le besoin de reconnaissance

En effet, une société qui fonctionne est « une société dont l'environnement social, culturel ou politique permet aux individus de développer une identité autonome ou une relation positive à soi-même. C'est une société dans laquelle chacun devrait pouvoir devenir ce qu'il souhaite être sans avoir à en passer par l'expérience douloureuse du mépris ou du déni de reconnaissance[43] ». Actuellement, force est de reconnaître que nous en sommes loin… Beaucoup de citoyens se sentent relégués, dédaignés, non reconnus pour leur travail ou leurs efforts. Derrière les paillettes du numérique et les images de rêve passées à la moulinette de Photoshop, il y a une réalité, sans filtre : des précaires qui grossissent chaque jour les rangs des sans domicile fixe (SDF) ; des travailleurs pauvres qui s'enfoncent dans le surendettement ; des retraités qui peinent à joindre les deux bouts. En somme, une société qui n'offre ni reconnaissance ni dignité à des millions de ses membres.

---

[43] Alexandra Laignel-Lavastine, « Axel Honneth : "Sans la reconnaissance, l'individu ne peut se penser en sujet de sa propre vie" », philomag.com, 6 décembre 2006.

Bien sûr, le digital n'est pas responsable de ces déséquilibres. Mais en exacerbant la tendance au narcissisme et à l'individualisme, il a aggravé la fragmentation de la société et le chacun pour soi. Comme tant d'autres aspirations de l'être humain, le besoin de reconnaissance n'a pas trouvé de réponse satisfaisante grâce aux outils numériques. Le réel finit toujours par ressurgir, dans sa dureté, pour nous rappeler que nous n'avons pas créé un monde meilleur à la faveur de cette révolution technologique.

Le besoin de sens

Pour s'en convaincre, il n'est qu'à penser au besoin de sens qui caractérise la plupart des civilisations qui mûrissent. Si tout le monde en parle autant, à commencer par les jeunes générations, c'est bien qu'il existe un malaise collectif. De plus en plus d'individus ont le sentiment qu'ils ne parviennent pas à s'accomplir, en dépit des formidables opportunités de notre époque de progrès. Combien de diplômés ont l'impression d'occuper des *bullshit jobs*[44] (« jobs à la con ») qui n'ont aucune utilité pour la société ? Combien de citoyens se plaignent du manque de communication et de l'isolement malgré les milliers d'« amis » qui peuplent leurs réseaux sociaux ? Et combien de personnes prennent conscience que leur vie numérique n'est qu'une échappatoire dans un désert affectif ?

---

[44] David Graeber, *Bullshit Jobs*, Paris, Les Liens qui libèrent, septembre 2018.

Les entrepreneurs de la Silicon Valley nous avaient promis qu'ils allaient « changer le monde ». C'est en partie vrai puisque leurs entreprises ont bouleversé l'ensemble de nos habitudes et de nos modes de fonctionnement. Mais ils ont entretenu un mythe en laissant croire que la technologie allait résoudre l'intégralité de nos problèmes : avec ce « solutionnisme technologique[45] », ils ont créé une sorte de nouvelle religion qui confond la fin et les moyens. Oui, le digital a enrichi nos existences sur le plan matériel. Mais non, il ne nous a pas rendus plus heureux ou plus épanouis. Et il n'a pas contribué à ce que nous ayons de grandes ambitions communes, capables de transcender nos motivations individuelles. Hélas, c'est plutôt le contraire qui s'est produit.

Ce manque de sens transparaît aussi dans la déshumanisation des rapports sociaux. Avec le perfectionnement de l'intelligence artificielle et de la robotique, l'automatisation des process va crescendo. Du point de vue de la performance et des gains de productivité, cela représente une excellente nouvelle. En revanche, à l'échelle humaine, il n'est pas certain que cela coïncide avec une avancée souhaitable. C'est notamment le cas pour l'ancienne génération qui a été victime d'une forme d'effraction digitale. À force de tout faire en ligne, on exclut des personnes qui demandent davantage de contacts humains. On parle souvent de « fracture numérique » alors qu'il s'agit d'un phénomène plus large : des gens qui savent se servir de ces outils, mais qui n'adhèrent pas à ces modes de fonctionnement et en viennent à développer une phobie numérique.

---

[45] Evgeny Morozov, *Pour tout résoudre cliquez ici. L'aberration du solutionnisme technologique*, Paris, FYP éditions, septembre 2014.

À terme, une majorité d'entre nous pourrait d'ailleurs se sentir lésée par cette évolution. Avec des employés de supermarchés remplacés par des caisses automatiques, des conseillers clients qui laissent leur place à des chatbots, et même des machines qui se substituent aux pizzaïolos[46], se dirige-t-on vers un monde plus désirable ? La rentabilité et l'optimisation ne peuvent être nos seuls horizons. Pour donner du sens à notre vie, nous avons aussi besoin d'entretenir des relations humaines, d'interagir avec nos semblables et de faire preuve d'empathie.

---

46 Pensons au robot Pazzi qui s'est installé dans le centre de Paris en juillet 2021, après un lancement à Val d'Europe en 2019.

On vit dans un monde incroyable II

Partie II / La redistribution, écueil et solution

Chapitre IV. La redistribution, pour quoi faire ?

« Un capitalisme sans banqueroute est comme un christianisme sans enfer. »

Frank Borman, astronaute américain

Tous ceux qui prennent le métro ou parcourent les rues des métropoles le constatent : la misère est devenue omniprésente dans les paysages urbains. Ces dernières années, le nombre de SDF n'a cessé d'augmenter, au point que certains quartiers ont été transformés en terrains de camping à ciel ouvert.

En 2002, la France comptait 95 000 sans-abris ; en 2012, le cap des 140 000 était franchi ; et en 2022, nous avons dépassé les 300 000[47]. Autrement dit, ce chiffre a plus que triplé en vingt ans ! Alors que certains candidats à la présidence de la République avaient promis qu'il n'y aurait plus aucun SDF dans les rues à la fin de leur mandat, le phénomène est loin d'avoir été éradiqué. Il a même explosé. À l'instar de la course aux profits, la misère prospère...

Un capitalisme *no limit*

Le temps des excès

La France n'est pas la seule concernée. Ce qui se joue derrière cette montée des inégalités et des injustices, c'est un phénomène plus global. La question de la redistribution des richesses concerne l'ensemble de la planète et interroge le logiciel du capitalisme.

---

[47] « La France compte près de 300 000 sans-domicile-fixe, selon la Fondation Abbé Pierre », lemonde.fr, 15 novembre 2020.

Les plus privilégiés amassent des fortunes tandis que les classes moyennes et les plus démunis voient leurs conditions de vie se dégrader : « Il semble que nous soyons revenus à l'époque des Temps difficiles de Charles Dickens, les riches se dressant contre des pauvres de plus en plus aliénés et privés de perspective d'avenir[48]. »

Quant au contrat implicite des démocraties libérales, il est peu à peu trahi : celui qui travaille et fournit des efforts n'est plus certain d'obtenir un confort minimum et d'être reconnu pour son utilité sociale.

Depuis l'effondrement de l'illusion communiste au tournant des années 1980-1990, le capitalisme apparaît comme un système sans rival[49]. Délivré de la menace qu'exerçait son contre-modèle, il s'est déchaîné. Alors que d'éminents intellectuels prédisaient un futur pacifié, un essor de la prospérité et une « mondialisation heureuse[50] », nous avons connu un retour de bâton. Tous les excès ont été permis et le digital n'a rien arrangé à l'affaire en accentuant de façon radicale la concentration des richesses[51]. En l'absence de balancier ou de contre-réaction, le capitalisme a basculé dans l'idéologie de la cupidité et de l'avidité.

Sans rival, le capitalisme est également sans limites : exploitation des ressources naturelles et humaines, financiarisation à outrance et court-termisme, records de fortunes et capitalisations boursières stratosphériques, etc.

---

[48] Esther Duflo et Abhijit V. Banerjee, *Économie utile pour des temps difficiles*, Paris, Seuil, mars 2020.
[49] Branko Milanovic, *Le Capitalisme, sans rival*, Paris, La Découverte, septembre 2020.
[50] Alain Minc, *La Mondialisation heureuse*, Paris, Plon, juillet 1998.
[51] Cf. chapitres précédents.

La machine tourne à plein régime jusqu'à l'absurde. On parle de coloniser Mars ou de forer le sol de la Lune là où il faudrait en priorité s'occuper de sauver la Terre ; en consommant 1,75 fois ce que la planète est capable de produire, on accumule une dette écologique monumentale[52]. On dilapide notre capital naturel tout en laissant les inégalités exploser. Et l'on stocke des tonnes de richesses sans empêcher les pénuries de se multiplier aux quatre coins du globe. Il n'y a plus de direction et d'objectifs cohérents.

Une dernière partie de Monopoly

En somme, le système capitaliste a pris des allures de Monopoly, un jeu dont les règles sont d'une simplicité élémentaire. Premièrement, la banque ne fait jamais faillite et peut émettre autant d'argent que nécessaire sous forme de reconnaissances de dettes écrites sur papier. Deuxièmement, le gagnant est le dernier joueur à ne pas faire faillite ; tous les autres sont ruinés et il faut relancer une partie pour remettre les compteurs à zéro.

Dans le monde actuel, nous ressemblons de plus en plus à des pions sur un plateau de Monopoly. Les monopoles se reconstituent par l'intermédiaire de géants du numérique qui captent l'essentiel de la valeur ajoutée et des investissements, au risque d'assécher le reste de l'économie.

---

[52] Rémy Decourt, « Jour du dépassement de la Terre : nous allons vivre les 5 prochains mois “à crédit” », futura-sciences.com, 28 juillet 2022.

Pendant ce temps, 10 % de la population mondiale cumule 76 % de la richesse et engrange 52 % des revenus, contre respectivement 2 et 8,2 % pour la moitié la plus pauvre des habitants[53], avec des écarts qui se renforcent aussi à l'intérieur des pays développés.

Et, en parallèle, on n'hésite pas à faire marcher la planche à billets pour booster une croissance de plus en plus artificielle. Quitte à ensuite couper le robinet de l'argent magique lorsque l'inflation refait surface… On baisse puis on augmente les taux, au gré des événements, à la recherche d'une martingale qui préservera les gains des plus chanceux. Eux n'ont aucun mal à passer par la case « profits ».

Bien que la partie ne soit pas encore terminée, chacun se rend compte que ce jeu de dupes touche à sa fin. Nous atteignons les limites d'un paradigme qui exacerbe les inégalités, attise la colère et engendre toujours plus de perdants. Sans même évoquer l'urgence écologique – qui est en train de nous rappeler à l'ordre –, il n'est plus envisageable de perpétuer un modèle qui crée autant de déséquilibres sociaux et où les dés paraissent pipés.

---

[53] Andrew Stanley, « Inégalités mondiales », *Finance & Développement*, mars 2022.

Ultraconsommation : le régime détox ?

Durant plusieurs décennies, ce système a été soutenu par le triomphe de la société de consommation. Les plus modestes avaient l'espoir de s'enrichir, d'améliorer leurs conditions matérielles et d'accéder à des biens ou services qui étaient autrefois réservés aux plus aisés. On travaillait pour consommer davantage et profiter des fruits d'une croissance que l'on croyait éternelle.

Pour encourager ces comportements individuels, on a également mis en place des incitations et des amortisseurs : le découvert autorisé, le crédit à la consommation, etc. C'était un mode de fonctionnement parfaitement adapté à une société qui progressait sur le plan économique et était peu sensibilisée aux enjeux environnementaux. Le crédit était une avance sur la création d'une richesse future et personne ne se souciait de son « empreinte carbone » : posséder plusieurs voitures et une batterie d'équipements électroménagers énergivores était plutôt une marque de réussite et de respectabilité.

Optimal à l'époque des Trente Glorieuses, cet idéal de société s'est grippé à partir des années 1980, à la suite des deux chocs pétroliers (1973 et 1979). Depuis quarante ans, on n'entend plus parler que de « crises », comme si les décideurs n'avaient que ce mot à la bouche : crise du chômage, crise du sida, crise des marchés asiatiques, crise des *subprimes*, crise des dettes souveraines, crise écologique, crise du logement, crise du Covid, crise de l'énergie, etc. La liste pourrait remplir des pages et des pages.

Malgré cela, nous n'avons pas réellement modifié notre logiciel. Nous continuons d'entretenir ce rêve de consommation comme si c'était un aboutissement, une façon de se réaliser. Les économistes qui conseillent les politiques ont leur part de responsabilité dans ce climat intellectuel : ils « ont souvent une conception étroite du bien-être, fondée sur la consommation matérielle. Or nous avons tous besoin de davantage pour que notre vie se révèle épanouissante : le respect du bien commun, le réconfort de la famille et des amis, la dignité, la légèreté, le plaisir.

L'accent mis sur le revenu n'est pas seulement un raccourci commode : c'est une vue déformante qui a conduit [...] les décideurs politiques à prendre de mauvaises décisions, et trop d'entre nous à nous préoccuper de faux problèmes et oublier les vrais[54] ». La consommation ne sera jamais une fin en soi ou le socle d'une ambition collective.

Au nom de cette vision consumériste, nous laissons d'ailleurs des ménages se surendetter afin de compenser la stagnation ou la baisse de leurs revenus. Nous inventons de nouveaux mécanismes, tels que le paiement en dix fois sans frais, pour maintenir à flot les plus modestes.

Hélas, pour beaucoup de particuliers, ces dispositifs deviennent des « pousse-au-crime » qui incitent à accumuler de mauvaises dettes. Par exemple, après avoir contracté un crédit à la consommation et payé la première mensualité, il n'est pas rare qu'un ménage achète un téléviseur avant de revendre ce dernier dans la foulée pour se constituer un semblant de trésorerie et couvrir ses besoins quotidiens.

[54] Esther Duflo et Abhijit V. Banerjee, *Économie utile pour des temps difficiles*, op. cit.

Dans un écosystème où la croissance est atone et les inégalités croissantes, les crédits à la consommation ne peuvent conduire qu'à des catastrophes. À quand le régime détox ?

Quand la majorité devient pauvre

Travailleurs et retraités pauvres : la violation du contrat social

Il ne s'agit pourtant que de la partie émergée de l'iceberg. Dans toutes les franges de la société, la précarité gagne du terrain. Pensons par exemple aux travailleurs pauvres, une catégorie que l'on a longtemps assimilée aux pays anglo-saxons (*working poor*), en faisant semblant de croire que la France échapperait à cet écueil. Dans notre pays, au moins 2,1 millions de personnes exerçant un emploi vivent avec moins de 1 102 euros par mois (60 % du revenu médian), et 1,2 million avec moins de 918 euros (50 % du revenu médian)[55]. En dépit des mécanismes de redistribution et de l'existence d'un salaire minimum, de plus en plus de salariés et de travailleurs indépendants vivent sous le seuil de pauvreté. Des gens qui respectent le contrat social n'ont même pas accès à la dignité. Et, au total, ce ne sont pas moins de 10 millions de Français qui doivent se débrouiller avec des moyens très limités[56].

De telles injustices sont évidemment une source de déséquilibres. En effet, la plupart des tensions et des fractures qui affectent la société française trouvent leur origine dans ce problème de redistribution.

---

[55] Observatoire des inégalités, « Un million de travailleurs pauvres en France », 12 mai 2022.

[56] Anne de Guigné, « La redistribution amortit les inégalités », lefigaro.fr, 27 mai 2021.

Il n'existe pas de réel contrepoids aux excès du capitalisme, ce qui alimente mécaniquement les inégalités, les contestations et le ressentiment. Dans un pays qui ne valorise ni la réussite ni la générosité, nous avons développé une conception punitive et inefficace de la redistribution. Nous avons beau dépenser un « pognon de dingue » en faveur de la solidarité, aucun des problèmes liés à la précarité n'a été résolu. Pire, ils ne font que s'aggraver.

Les Gilets jaunes : arrêt sur la bande d'arrêt d'urgence

Le mouvement des Gilets jaunes, qui a enflammé l'Hexagone à partir de l'automne 2018, est le symptôme le plus frappant de cette situation.

Cette vague de protestations est venue témoigner d'un ras-le-bol généralisé : celui de Français qui travaillent, se conforment aux règles collectives et ne bénéficient pas de la protection qu'ils sont en droit d'attendre. Si le prix de l'essence et la hausse des taxes ont joué un rôle de détonateur dans la contestation, cette dernière trouve son origine dans un malaise plus profond : le sentiment légitime d'être délaissé, déclassé, voire méprisé – en bref, d'être un citoyen de seconde zone, sans aucune reconnaissance.

À cela s'ajoutent des difficultés bien concrètes, avec un pouvoir d'achat qui fond à mesure que les dépenses contraintes (logement, énergie, abonnements à Internet et au téléphone portable, etc.) augmentent. Ces Français ne connaissent ni l'aisance ni l'abondance.

Ils sont plutôt dans une situation de survie ou tout du moins de débrouille, à composer leur budget en fonction de données incompressibles : des dizaines de kilomètres à effectuer tous les jours pour aller au travail ou se rendre dans un service public ; des enfants qu'il faut donner à garder ; des courses au supermarché où l'on compte à l'euro près ; des loisirs et des vacances que l'on sacrifie à la gestion du quotidien.

Politique : quand les rustines sont vendues pour des pneus

Quatre ans après le début de cette crise, rien n'a vraiment changé. Malgré les mesures d'urgence économiques et sociales prises en décembre 2018, pour un montant de 10,3 milliards d'euros, aucune leçon n'a été tirée de cet épisode. On continue de mettre des rustines et des sparadraps un peu partout, en espérant que les mécontentements retombent. Entre distributions de chèques et coups de pouce à la pompe, on colmate les brèches en pratiquant le clientélisme électoral à brève échéance. On navigue à vue, sans feuille de route.

Hélas, dans un contexte d'inflation galopante où les prix de l'énergie et de l'immobilier culminent à des sommets jamais atteints, ces rustines ne suffisent plus. Le navire fuit de toute part. Bien que la protestation des Gilets jaunes ait été atténuée grâce aux milliards d'euros déversés – et à l'inattendue pandémie du Covid-19 –, tout porte à croire que ces mouvements de contestation iront en se répétant et en s'amplifiant. Si des millions de personnes n'ont plus rien à perdre, que pourra-t-on faire pour endiguer leur colère ?

Applaudissements à 20 heures pour la France du Smic

Une société harmonieuse est à l'image du système sanguin qui assure le bon fonctionnement de nos organes : elle doit alimenter tous ses membres en faisant circuler la richesse et les marques de reconnaissance. Sans cela, elle se sclérose et dépérit. En France comme ailleurs, nous accordons peu d'importance – quand nous ne la laissons pas sur le bord de la route – à une proportion toujours plus grande de la population.

Nous avons eu beau applaudir les aides-soignants et les infirmières durant la crise du Covid-19, que leur a-t-on rendu en échange de leur engagement et de leurs services ? Et quelles contreparties ont reçues tous ces salariés modestes (employés de ménage, conducteurs dans les transports publics, caissières, livreurs, éboueurs, etc.) qui s'occupaient de faire tourner le pays pendant que les autres télétravaillaient ou percevaient les aides de l'État ? Nous avons offert à ces métiers essentiels une reconnaissance éphémère qui n'a pas été suivie d'améliorations réelles.

Au-delà des paroles et des élans de bonne conscience, nous perpétuons une société à deux ou trois vitesses qui ne rétribue pas à leur juste valeur les « premiers de corvée ». Il n'y a pas d'éclaircie pour la France du Smic (salaire minimum de croissance).

Redistribuer ? Oui, mais comment ?

Ce sont naturellement les plus fragiles qui souffrent de ces problèmes, à commencer par le surendettement : les adultes qui vivent seuls, les femmes en situation monoparentale, les ouvriers, les employés et les chômeurs[57]. Tous ces individus n'arrivent plus à vivre de manière normale malgré les aides sociales ou les politiques de redistribution. Car malheureusement le travail n'est plus une garantie à 100 % contre la pauvreté.

Faisons payer les riches !

En France, pour contrer les effets pervers du capitalisme et mieux répartir les richesses, certains proposent d'instaurer une taxe sur les superprofits. D'après les experts, celle-ci pourrait rapporter jusqu'à 10 milliards d'euros[58]. En réalité, il s'agit typiquement d'une fausse bonne idée. Accroître la pression fiscale (déjà élevée dans l'Hexagone) ne résoudra pas les difficultés de fond. Qui plus est, si cette taxe finance des politiques de saupoudrage comme la distribution de chèques... Soit, à mon sens, une mesure inutile de plus.

En outre, si des entreprises et des personnes ont respecté les règles du jeu, pourquoi voudrait-on les punir ? On retombe ici dans un travers très français : la détestation de la réussite et la redistribution punitive.

---

[57] Banque de France, « Enquête typologique sur le surendettement des ménages en 2021 », 7 février 2022.

[58] Grégoire Normand, « Taxe sur les superprofits : ce qu'elle pourrait rapporter au fisc », latribune.fr, 12 septembre 2022.

Que met-on derrière cette notion de « superprofit » ? À l'origine, elle renvoie aux écrits de Karl Marx, dans *Le Capital*, qui faisait référence aux entreprises devançant leurs concurrentes grâce à une avance technologique et des gains de productivité qui leur permettaient de dégager des profits substantiels[59]. En quoi cette supériorité serait-elle condamnable ? Va-t-on reprocher à des groupes français d'être performants à l'étranger et de résister à la crise ? Cela n'a pas de sens.

Soyons clairs sur ce point : la critique du capitalisme ne doit pas aboutir à des remèdes qui seraient pires que les maux qu'ils prétendent traiter.

Malgré le creusement des inégalités et les dérives de la course aux profits, il ne faut pas céder à l'excès inverse en faisant table rase de notre héritage économique. Le capitalisme est le pire des systèmes… à l'exception de tous les autres. Le but est d'en corriger les excès, pas de le supprimer. L'émulation et la concurrence restent de puissants moteurs pour la créativité et le progrès collectif. Quant à l'Histoire, elle nous enseigne qu'il faut se méfier des projets de société idéale. En la matière, l'enfer est toujours pavé de bonnes intentions.

En France, il règne une atmosphère de suspicion malsaine à l'égard de l'argent et du succès professionnel. Les jaloux et les envieux dictent leur loi en entretenant le fantasme selon lequel ces accomplissements s'effectuent forcément sur le dos des autres.

---

[59] Océane Herrero, « Superprofits : pourquoi la création d'une taxe fait débat », lefigaro.fr, 13 septembre 2022.

Ce sont des idées mensongères qui font le lit de la défiance et du ressentiment. Les richesses ne pourront pas circuler si nous en créons moins et que nous décourageons la réussite. Au lieu de pacifier la société (et de trouver des solutions innovantes), certains jettent de l'huile sur le feu en opposant le succès individuel à l'intérêt collectif. Heureusement, les mentalités évoluent : 70 % des Français estiment que l'argent reste un tabou dans notre société, mais ils sont une majorité à déplorer cette situation[60].

Quand la redistribution punitive crée la première injustice

Gardons ces leçons en tête afin de stimuler la redistribution. Ce n'est pas en recourant à des logiques punitives que nous favoriserons ce mouvement. Au contraire, il est capital de valoriser la générosité – au même titre que la réussite – en la transformant en élément de fierté. Il est impératif d'offrir une authentique reconnaissance à tous ceux (particuliers, donateurs, bénévoles, entreprises) qui servent l'intérêt général et font preuve d'altruisme. Cette reconnaissance constitue une vraie monnaie.

Dans un pays comme le nôtre, où les taux de prélèvements obligatoires figurent parmi les plus élevés au monde, il est temps de renoncer à cette approche uniquement contraignante de la redistribution.

---

[60] 1er Observatoire du sens de l'argent Crédit coopératif & Viavoice, « Pour 79 % des Français l'argent n'est pas un tabou à l'échelle individuelle mais le reste à celle de la société : les premiers enseignements de ce nouvel observatoire », 3 juin 2021.

Elle ne nous protège ni de la montée des inégalités, ni de l'injustice sociale. Les richesses circulent de plus en plus mal et notre fameux modèle social est à bout de souffle. D'autres méthodes méritent d'être testées pour que l'argent de la solidarité publique et de la générosité privée soit utilisé efficacement, sans tomber dans un « trou noir ».

La générosité : un KPI[61] à mesurer et à challenger

Ce qui serait intéressant et novateur, ce serait de stimuler la redistribution et la générosité. Parmi les ressorts fondamentaux du bonheur humain, on trouve l'empathie et l'altruisme. Plusieurs enquêtes le confirment : au-delà d'un certain seuil de revenu, qui se situe autour de 75 000 dollars, les individus ne sont pas plus heureux que leurs semblables.

L'augmentation de la richesse et le bonheur personnel finissent par se décorréler. Ce qui donne satisfaction aux personnes aisées, c'est d'essayer de faire le bien autour d'elles et d'investir auprès des autres, selon un principe de don et d'échange. « Si l'argent ne vous rend pas heureux, c'est que vous ne le dépensez sans doute pas dans le bon sens », expliquent ainsi les deux psychologues de Harvard qui ont mené l'étude la plus connue à ce sujet[62].

---

[61] *Key Performance Indicator* : les KPI sont les indicateurs clés de performance dans une entreprise.

[62] Elizabeth Dunn et Michael Norton, *Happy Money. The Science of Happier Spending*, New York, Simon & Schuster, mai 2014.

Les deux chercheurs ont notamment « évalué le degré de satisfaction de seize employés d'une entreprise de Boston, qui avaient reçu des primes allant de 3 000 $ à 8 000 $. Ceux qui ont consacré un tiers de leur [bonus] à autrui affichaient un indice de bonheur supérieur de 20 % par rapport à ceux qui avaient gardé l'argent pour eux[63] ». Dans la mesure où « le don est une composante de la nature humaine[64] », il est souhaitable de l'encourager au maximum. En règle générale, s'ils le peuvent financièrement, les individus ont envie de redistribuer une partie de leur richesse. Et ils sont d'autant plus incités à le faire qu'ils peuvent mesurer et observer les bénéfices concrets de leur acte de générosité[65].

Ce constat se vérifie au sein de la société française. Pour une majorité de nos concitoyens, « parler de son argent n'est pas simplement parler de sa situation financière ou de son patrimoine ou encore de la manière de le faire fructifier. Parler d'argent aujourd'hui, c'est aussi s'interroger sur l'impact que l'on peut et que l'on souhaite avoir dans la société[66] ». Ils sont également 69 % à penser que responsabilité et performance de l'économie ne sont pas incompatibles[67]. À la suite de la pandémie, nous avons assisté à une prise de conscience sur l'importance de la solidarité et la nécessité de conférer du sens à nos dépenses. Ne reste plus qu'à offrir aux gens les moyens de transformer ces bonnes intentions en actes.

---

63 Myriam Jézéquel, « Comment obtenir plus de bonheur pour son argent ? », ordrecrha.org, 9 mars 2015.
64 *Ibid.*
65 *Ibid.*
66 1er Observatoire du sens de l'argent Crédit coopératif & Viavoice, « Pour 79 % des Français l'argent n'est pas un tabou à l'échelle individuelle mais le reste à celle de la société : les premiers enseignements de ce nouvel observatoire », art. cit.
67 *Ibid.*

D'autre part, il est possible de se servir de l'esprit de compétition comme d'un levier en faveur de la redistribution. L'appât du gain ne répond pas à des aspirations essentielles de l'être humain. D'ailleurs, ce qui motive la course aux profits, c'est un besoin de reconnaissance alimenté par des rivalités et des querelles d'ego. Mais c'est aussi dans certains cas une « compétition à la générosité » qui s'avère salvatrice pour notre société.

Chapitre V. Le « trou noir » de la solidarité

« Quand j'étais petit à la maison, le plus dur c'était la fin du mois... Surtout les trente derniers jours ! »

Coluche, humoriste et fondateur des Restos du Cœur

La générosité des Français n'est plus à démontrer. Chaque année, les particuliers versent environ 5 milliards d'euros aux associations : 2,9 milliards *via* des dons déclarés au fisc, 1,3 milliard de legs et libéralités, 745 millions sous une autre forme (dons en nature, collectes, etc.). À une moindre échelle, les entreprises contribuent, elles aussi, à cet effort de solidarité (3,5 milliards d'euros par l'intermédiaire du mécénat)[68]. Si l'on additionne les 7 milliards de subventions que l'État alloue aux associations et fondations reconnues d'utilité publique, on atteint les 15 milliards d'euros. Cela équivaut à 3 fois le marché de la drogue et 5 fois celui du jouet. Ou à 2,5 fois le chiffre d'affaires d'un groupe comme Alstom. Contrairement à ce que l'on pourrait imaginer, les acteurs de la solidarité ne manquent pas d'argent.

Un pognon de dingue !

Le problème, c'est que cette manne financière n'est pas utilisée à bon escient. Atomisé, peu structuré et manquant de professionnalisation, le marché de la solidarité est devenu une sorte de « trou noir » qui engloutit des milliards d'euros. Il s'agit même d'un seau percé qui s'agrandit d'année en année.

---

68 « Chiffres clés de la générosité », francegenerosites.org, septembre 2021.

Les associations coopèrent peu entre elles et s'interdisent à tort d'avoir une organisation optimisée et performante, ce qui limite l'efficacité de leurs interventions auprès des bénéficiaires. Alors que l'utilisation de l'argent public devrait créer une exigence plus forte vis-à-vis de ces structures, on tolère une forme d'opacité qui nuit à la confiance des donateurs.

La misère… c'est malaisant !

Personne n'ose critiquer le fonctionnement des associations car nul ne voudrait faire leur job. En réalité, nous avons tous peur de la misère : c'est sale, ça sent mauvais, ça transpire les problèmes… Nous craignons en quelque sorte que ce soit un phénomène contagieux. Il suffit de songer à l'attitude gênée qui est la nôtre face aux SDF. Quand nous ne faisons pas semblant de ne pas les voir, nous employons un ton miséricordieux pour leur parler, nous culpabilisons, nous ne parvenons pas à avoir un comportement naturel.

Que des associations prennent en charge ces difficultés arrange tout le monde. Voilà pourquoi nous avons tendance à idéaliser et à angéliser ces structures. Les politiques sont les premiers à vanter leurs actions car ils sont trop contents de pouvoir se décharger de cette mission. Chacun se donne bonne conscience en clamant que ces associations sont « géniales » et qu'elles effectuent un « boulot formidable ». Mais personne ne souhaite mettre les mains dans le cambouis à leur place. Au fond, nous aimons la solidarité, mais pas trop…

Solidarité : quand l'argent ne fait plus le bonheur

L'engagement de l'immense majorité des professionnels et bénévoles qui animent ce secteur ne fait aucun doute. Pourtant, ce modèle ne marche pas comme il le devrait. Quinze milliards d'euros, mais pour quels résultats ? Où vont tous ces fonds ? La misère et les inégalités reculent-elles en France ? Malgré l'argent déversé et les appels aux dons récurrents, les associations ne jouent pas leur rôle d'amortisseur social.

Elles ne sont pas un contrepoids aux excès du capitalisme. Les plus médisants et les plus cyniques diront qu'elles cultivent leurs pauvres. Plus nous dépensons en faveur de la solidarité, plus la précarité s'installe.

Quand on examine attentivement le fonctionnement de ces structures, on s'aperçoit que tout concourt à ce que soit un « trou noir ». En dépit de la loi du 7 août 1991 qui oblige, à partir d'un certain seuil, tout organisme ayant fait appel à la générosité à établir un compte d'emploi annuel des ressources (CER) collectées auprès du public, le plus grand flou règne autour de l'utilisation des sommes engrangées. Bien que la Cour des comptes et l'Inspection générale des affaires sociales (Igas) procèdent à des contrôles, la transparence n'est toujours pas à l'ordre du jour. Il n'existe pas de réelle mesure d'impact. Nous donnons de l'argent sans toujours savoir où vont les fonds, comment ils sont dépensés et dans quelle mesure ils répondent aux attentes réelles des bénéficiaires.

D'ailleurs, obtenir des données et des chiffres consolidés sur ce secteur est presque impossible. Tout est fait pour que cela reste nébuleux. Et pour cause : les résultats ne sont pas à la hauteur des sommes récoltées. Or cette absence d'efficacité est le reflet direct des dysfonctionnements qui caractérisent ces organismes. Des carences dont personne ne souhaite faire le constat. Aucun des acteurs n'y a intérêt. Ni les politiques qui abreuvent de subventions les associations, ni les structures qui profitent de cette manne d'argent public et de la générosité des Français. Quant aux bénéficiaires, ils n'ont pas la parole.

Modernité et performances : *personae non gratae*

Le manque de résultats des associations est la conséquence d'un faible degré de modernisation et de professionnalisation. D'abord, ces organismes tournent grâce à des bénévoles et des salariés. Dans ce système mixte, on a tendance à surexploiter ceux qui donnent de leur temps sans être rémunérés. Cela engendre des tensions et un fort turn-over, avec des effets aussi négatifs qu'en entreprise. De plus, gérer des bénévoles n'est pas toujours facile. Comme on évolue dans le domaine de la solidarité, on considère que toutes les bonnes volontés sont les bienvenues ; on accepte un peu tout le monde, sans être trop regardant sur le curriculum vitæ des personnes.

Parmi les autres freins à l'efficacité figurent les frais de fonctionnement et de collectes de fonds. Dans certaines associations, ils atteignent 30 à 40 %, voire dépassent les 50 %[69], ce qui n'est pas admissible. La part consacrée aux œuvres est trop faible, ce qui représente un gâchis impressionnant. Parfois, en tant que donateurs, nous avons même la désagréable impression de financer des campagnes de communication dont la finalité est discutable. Nous nous sommes tous interrogés à ce sujet : pourquoi reçoit-on des *goodies*, des stylos et des cahiers qui portent le logo de telle association ? Notre argent sert-il réellement à produire ces gadgets ? N'y aurait-il pas mieux à faire pour rendre service aux bénéficiaires ? Ces organismes ont-ils besoin d'autant communiquer alors qu'on les voit déjà partout et qu'ils affichent de très gros budgets ?

Pourquoi n'arrêtent-ils pas de solliciter notre générosité, avec des étudiants qui nous alpaguent dans la rue afin que nous devenions donateurs ?

Ce sont des questions qui fâchent mais qui traduisent un problème de fond : sous prétexte qu'il s'agit de solidarité, on refuse de contrôler et de mesurer les actions. Par mansuétude, on tolère des fonctionnements qui conduiraient n'importe quelle entreprise à déposer le bilan. Ainsi, l'on tient la générosité des donateurs pour acquise, comme s'il n'y avait aucun compte à leur rendre. Leur contribution à l'intérêt général n'est pas reconnue à sa juste valeur.

---

[69] Sandrine Trouvelot et Étienne Gingembre, « Associations : lesquelles méritent vos dons ? 123 organismes passés au crible », capital.fr, 22 décembre 2017.

Associations : un labyrinthe sans entrée ni sortie ?

Un marché éclaté

L'autre grand écueil du marché de la solidarité réside dans la profusion des acteurs. Chacun a une pertinence dans son domaine, mais il n'y a pas de vision et d'approche globales. La France compte environ 2 600 associations et fondations reconnues d'utilité publique. Dans cet univers, il existe au moins deux mondes : d'un côté, les grosses structures, connues du grand public, qui tiennent le haut du pavé et dont le budget est supérieur à 150 millions d'euros ; de l'autre côté, de petites entités dont on n'entend presque jamais parler et qui œuvrent à une échelle plus locale. Hélas, toutes ces actions ne sont pas fédérées ; les associations coopèrent peu entre elles. Chacune fonctionne en vase clos, en défendant son pré carré.

Cette atomisation constitue un facteur évident de sous-performance. Quand on pense que ces milliers d'associations sont incapables de résoudre le problème des SDF en France, ou ne serait-ce qu'à Paris, il y a de quoi s'interroger. Surtout que le sort des sans-abris se dégrade au fil des années... À l'inverse, avec les Gafam, on voit que cinq entreprises parviennent à tenir l'Internet mondial, dans une centaine de pays, avec des langues et des fuseaux horaires différents, sans le moindre souci. Si on leur confiait la gestion de la misère, ce fléau serait sans doute éradiqué depuis longtemps.

Bénéficiaires : une navigation sans carte ni GPS

Le plus grave, c'est que l'éclatement de ce marché est préjudiciable pour les bénéficiaires. Pour eux, il est extrêmement compliqué de se repérer dans ce maquis associatif, ce qui explique en grande partie la renonciation aux aides (un tiers n'est pas réclamé en France). Alors que les associations devraient mettre en contact les personnes précaires avec les bons interlocuteurs et faciliter l'accès aux mécanismes d'assistance, elles ne jouent pas suffisamment ce rôle de facilitatrices.

Faute de guichet unique, les bénéficiaires ont toutes les chances de se perdre dans une véritable jungle. De plus, avant d'être reçu dans certaines associations, il est nécessaire de se rendre dans un centre communal d'action sociale (CCAS), de prendre rendez-vous avec une assistante sociale – ce qui allonge le processus de plusieurs semaines ou mois – et d'être ensuite redirigé vers l'organisme adéquat. Un vrai parcours du combattant !

Quand on subit une situation difficile ou que l'on a vécu un parcours chaotique, il faut aussi affronter le regard des autres. Ce n'est jamais simple d'appeler à l'aide, de pousser la porte d'une association et de se sentir accueilli dignement. C'est gênant et l'on a peur d'être mal reçu. Ajouter des complexités à la prise en charge ne peut que décourager les personnes de recourir à la solidarité. C'est pourquoi les associations récupèrent souvent des cas graves ; elles doivent gérer l'urgence. Les bénéficiaires attendent que la maison brûle, quand ils n'ont plus d'autre choix, pour demander un soutien.

Dans ce contexte, les associations se concentrent davantage sur le traitement des symptômes que sur les causes des maux. Ainsi, elles parent au plus pressé. Derrière les soucis financiers, le mal-logement ou l'insécurité alimentaire, il y a toujours des difficultés plus globales : le chômage, l'addiction, des troubles psychologiques, etc. Donner de l'argent ou nourrir les personnes ne change pas la donne si l'on n'agit pas de manière plus générale aux racines du mal. On ne fait que reporter la résolution des problèmes à plus tard, lorsqu'ils se sont encore aggravés. Il s'agit d'un cercle vicieux qui enferme les bénéficiaires dans leur état de dépendance et de précarité.

Des associations pour la vie ?

Il faut se rendre à l'évidence, même si cette réalité est déplaisante : cette cohorte d'acteurs ne remplit pas vraiment sa mission en matière de solidarité.

Sinon, comment comprendre que certaines associations occupent le devant de la scène depuis trente ans ou plus ? C'est une anomalie pure et simple. La vocation de ces structures n'est pas de s'éterniser, mais de mettre un terme aux difficultés contre lesquelles elles sont censées lutter.

Quand Coluche a fondé Les Restos du Cœur en 1985, son ambition n'était pas de battre des records de repas distribués. Il était parti du constat qu'avec une somme équivalente à celle qu'il versait aux impôts, comme d'autres personnes fortunées, il pourrait trouver une solution définitive au problème de l'insécurité et du gaspillage alimentaires en France : « Tu te rends compte, avec tout le pognon que je donne, si tous les mecs qu'ont du blé comme moi s'y mettaient, on pourrait régler le problème[70]. »

Malheureusement, la suite des événements lui a donné tort : en trente-cinq ans, nous sommes passés de 8,5 millions à 140 millions de repas distribués[71], ce qui n'était pas l'objectif initial. Et à l'instar d'autres associations, Les Restos du cœur ont progressivement dû étendre leur « offre », en intégrant des dispositifs liés à l'emploi, à la formation, etc. Ils se sont aperçus qu'il ne suffisait pas de donner à manger aux gens ou de leur distribuer de l'argent pour que cela résolve les difficultés.

Il en va de même pour Emmaüs, une structure encore plus ancienne. « Mes amis, au secours ! Une femme vient de mourir gelée cette nuit à 3 heures, sur le trottoir du boulevard Sébastopol, serrant sur elle le papier par lequel, avant-hier, on l'avait expulsée », s'exclamait l'abbé Pierre, dans son célèbre appel de l'hiver 1954.

---

[70] L'idée des Restos du cœur a été lancée le 26 septembre 1985 sur Europe 1 : « Coluche : "une petite idée comme ça" », youtube.com, 25 septembre 2010.
[71] restosducoeur.org

Hélas, ces mots pourraient aussi bien avoir été prononcés aujourd'hui. Le nombre de sans-abris gonfle chaque jour. Pire, nous nous habituons à cette misère qui progresse sous nos yeux. Entre indifférence et fatalisme, nous en venons à croire que le drame des SDF est inévitable. La situation s'est détériorée en soixante-dix ans.

Concilier solidarité et efficacité

La confiance, une affaire de transparence

Pour mettre fin à ces dysfonctionnements, acceptons de briser certains tabous. D'abord, il ne faut pas s'interdire de parler de « performance » au motif que l'on agit par charité. Au contraire, l'utilisation d'argent public ou de dons privés devrait être encadrée par davantage de garde-fous : plus de rigueur dans la gestion des fonds, plus de transparence et plus d'études d'impact ! C'est une condition essentielle pour restaurer la confiance des donateurs et encourager la générosité des Français : ces derniers seraient plus enclins à verser des dons en étant certains que les sommes sont dépensées dans des actions utiles et visibles.

Faire preuve d'empathie est un sentiment naturel. Quand quelqu'un se montre charitable, il n'attend pas de contrepartie en retour. Pour autant, un donateur a le droit de savoir à quelles fins ses versements sont utilisés. Il doit avoir la possibilité d'évaluer la portée des initiatives qu'il soutient au travers d'indicateurs fiables. Et il faut mieux l'informer sur les organismes vers lesquels il pourrait orienter ses dons : à l'instar du bénéficiaire, le donateur a besoin de se repérer dans la jungle associative ! L'argent de la solidarité n'a pas vocation à être capté par une poignée de structures ultramédiatiques qui disposent déjà de gros moyens. À l'heure actuelle, c'est un peu la même chose qu'avec les aides aux entreprises : ce sont toujours les mêmes qui en bénéficient…

Le digital : un ami qui vous veut du bien

Ces dix dernières années, le marché du don a progressé en France : +10 % en 2020, à la suite de la crise du Covid ; +4,5 % en 2021[72]. Proportionnellement à leurs revenus, ce sont les plus modestes qui sont les plus généreux : environ 50 % de cet argent provient de foyers qui gagnent moins de 30 000 euros par an. Une majorité de nos concitoyens ont envie d'ajouter leur pierre à l'édifice : il est indispensable de les valoriser pour qu'ils poursuivent ou renforcent leur engagement.

---

72 « Chiffres clés de la générosité », art. cit.

Toutefois, ce « signal positif de la générosité des Français dans un contexte inédit marqué par la crise sanitaire [...] cache un problème plus structurel et inquiétant à long terme avec la diminution du nombre de nouveaux donateurs : –9 % entre 2011 et 2021[73] ». Cette érosion est un signal d'alerte qui démontre que les donateurs ont besoin de confiance et de reconnaissance. Avec un système plus transparent, nous inciterions plus de personnes à donner à des organismes de solidarité.

L'Observatoire du don en confiance a lui-même noté qu'une forme de défiance frappait ces structures : en 2020, seuls 39 % des Français disaient faire confiance aux associations et fondations contre 55 % en 2019. En outre, « la raison principale pour laquelle les Français ne donnent pas à une association ou une fondation est le manque de confiance à l'égard de l'utilisation des fonds (68 %), avant même le fait de ne pas disposer de ressources suffisantes (56 %). Plus d'un Français sur deux déclare qu'avoir des preuves de la bonne utilisation des dons est un gage de confiance, plus encore que la notoriété de l'organisation (30 %)[74] ». Ces chiffres sont éloquents et corroborent notre constat.

---

73 *Ibid.*

74 « Associations et fondations, la transparence au-delà des lois », lenouveleconomiste.fr, 14 avril 2021.

La publication d'un compte de résultat ne suffit pas. Il est nécessaire d'aller au-delà des obligations légales en mesurant systématiquement l'impact des projets, leurs coûts réels et leurs résultats auprès des bénéficiaires. Il s'agit d'une demande forte des donateurs qui souhaitent savoir précisément où va leur argent[75]. Pour pérenniser et dynamiser le marché du don, cette modernisation des associations s'avère indispensable.

Des bénévoles sans médaille, c'est normal ?

L'autre tabou qu'il faudrait attaquer est celui de la valorisation du bénévolat. Pourquoi ne pas rétribuer les bénévoles, d'une manière ou d'une autre ? Même si les associations obéissent à un principe de « gestion désintéressée », il serait souhaitable de mieux récompenser l'implication des bénévoles. N'établir aucune différence entre une personne qui consacre une heure par semaine et une autre qui donne de son temps plusieurs journées crée la première injustice.

L'enjeu ne se situe pas dans la rémunération financière, mais dans la reconnaissance du travail de ces personnes. À l'exception de quelques dispositions fiscales, telles que le remboursement des frais, rien n'est fait pour stimuler et mettre en valeur le bénévolat. Là encore, il existe des marges de progression pour remédier à cette carence.

---

75 *Ibid.*

En résumé, le monde associatif ne doit pas hésiter à s'inspirer de fonctionnements qui existent dans l'univers des entreprises. Ni la performance ni la transparence ne sont des gros mots. Ce sont plutôt des vecteurs d'efficacité qui accentuent la confiance du public tout en améliorant l'impact des actions auprès des bénéficiaires.

Cette exigence de solidarité, couplée à l'impératif de performance, est de plus en plus portée par des acteurs de l'économie, en dehors de la sphère associative. Conscientes qu'elles ne peuvent plus faire abstraction de la société qui les entoure, de nombreuses entreprises infléchissent leur modèle. La rentabilité n'est plus leur seul objectif.

D'autres ambitions s'invitent à la table des patrons de grands groupes, de start-up ou de PME : l'écologie, le bien-être humain, la responsabilité sociétale, etc. N'est-ce que de la com ou cela correspond-il à un engagement sincère ? Ces efforts suffiront-ils à ralentir la folle course au profit et à favoriser une véritable redistribution des richesses ?

Chapitre VI. *Making money… What else?*

« Quand on est dans un trou, la pire chose à faire est de continuer de creuser. »

Warren Buffett, homme d'affaires américain

Depuis une dizaine d'années, le discours des entreprises s'est infléchi. Adieu la sacralisation de la rentabilité ! Une majorité d'entre elles mettent désormais en avant leurs valeurs, leurs engagements et leur rôle au sein de la société. À la faveur de ce mouvement, nous avons vu l'apparition d'une foule d'indicateurs et de labels qui témoignent de la volonté de marier performances financières et intentions sociétales : la RSE (responsabilité sociale des entreprises) et son équivalent anglo-saxon, l'ESG[76] ; la Tech for Good ; la certification « B Corp » ; l'économie sociale et solidaire (ESS) ; les sociétés à mission ; les investissements et les fonds à impact ; le *social business* et l'entrepreneuriat social, etc. Beaucoup d'entreprises sentent qu'elles ont un rôle à jouer dans l'Histoire et qu'elles seront jugées dans les années à venir.

L'économie est-elle devenue vertueuse ?

Quand les réseaux sociaux dictent les règles

Au moins trois facteurs ont contribué à cette évolution. D'abord, il y a la prise de conscience de l'urgence écologique et des externalités négatives engendrées par l'activité économique ; les entreprises savent que le grand public est sensible aux enjeux environnementaux et qu'une conduite plus vertueuse est indispensable.

---

[76] Abréviation de *Environmental, Social and Governance*, soit les critères environnementaux, sociaux et de gouvernance.

Une partie des consommateurs deviennent « consom-acteurs » et n'hésitent plus à boycotter les marques aux mauvais comportements. Les géants du textile (Zara, H&M, Uniqlo) ont été parmi les premiers concernés par cette tendance : accusés d'exploiter les populations de pays en développement et de polluer la planète, ces grands groupes ont été incités à modifier leurs pratiques et à miser sur l'éthique[77].

Ensuite, il y a le digital qui a favorisé la transparence et la dénonciation de certaines dérives ; avec le bouillonnement des réseaux sociaux, l'offensive de militants sur les espaces numériques et les stratégies de *name and shame* (« nommer et couvrir de honte »), les entreprises ne peuvent plus faire n'importe quoi, sous peine d'être mises au pilori. Les marques qui trichent avec les règles (comme Volkswagen avec le dieselgate) sont durement sanctionnées et s'exposent à une déflagration médiatique. La morale progresse avec ses bienfaits et ses effets pervers : même les organisations qui adoptent un bon comportement peuvent être victimes de la vindicte 2.0 et perdre le contrôle de leur image. C'est à se demander si quitter les réseaux sociaux ne serait parfois pas la meilleure solution…

---

[77] Jean Botella et Jessica Huynh, « H&M, Zara… après les scandales, les marques veulent miser sur l'éthique », capital.fr, 2 août 2021.

Enfin, il y a l'influence des entrepreneurs américains qui prétendent « changer » ou « sauver le monde » grâce aux nouvelles technologies. Il n'est qu'à penser à Elon Musk promettant qu'il va délivrer la planète des énergies fossiles. Ou à Bill Gates consacrant l'essentiel de son immense fortune à sa fondation pour lutter contre les maladies et la pauvreté dans le monde. Les grands patrons se rêvent en super-héros ! Leur ego les pousse à revêtir les habits du bon Samaritain. Faire le bien n'est plus réservé aux organisations charitables : cela fait dorénavant partie des éléments de reconnaissance pour les dirigeants économiques.

ESS, RSE, impact : quand le capitalisme s'essaie à la solidarité

Ces transformations du capitalisme se concrétisent par des initiatives nouvelles. En effet, on observe un début de tendance au travers de pratiques qui vont dans le bon sens. C'est par exemple le cas en France avec le développement de l'ESS qui représente environ 10 % du PIB, emploie 2,4 millions de salariés, recourt à 12 millions de bénévoles et fédère 200 000 entreprises qui « cherchent à concilier solidarité, performances économiques et utilité sociale[78] ». L'essor de ce secteur atteste un changement de mentalités parmi les entrepreneurs et les investisseurs : ces acteurs sont de plus en plus nombreux à imaginer des solutions innovantes pour concilier progrès économiques et respect des grands équilibres sociétaux.

---

[78] « L'économie sociale et solidaire », www.economie.gouv.fr, 16 décembre 2020.

Encouragées par la loi du 31 juillet 2014, « les entreprises de l'ESS se mobilisent pour remettre l'humain au cœur de l'économie et répondre aux grands défis de la société : combat contre l'illettrisme et le décrochage scolaire, soutien à l'autonomie des personnes âgées et des personnes en situation de handicap, lutte contre l'exclusion et le chômage, développement de l'économie circulaire, promotion de l'économie du partage grâce au numérique[79]... ». Les bonnes intentions ne manquent pas et il n'est pas rare que ces structures soient plus efficaces que les associations pour remédier à la précarité et aux inégalités.

Au-delà même de l'ESS, un nombre croissant d'entreprises se créent avec l'ambition de transformer positivement le monde qui les entoure. Le besoin de sens, qui est au cœur des civilisations avancées, s'invite dans l'économie. C'est d'ailleurs la philosophie de la loi Pacte de mai 2019 qui permet aux entreprises de devenir des « sociétés à mission » et de se doter d'une raison d'être qui intègre les conséquences environnementales et sociétales de leurs activités. D'après les estimations du Boston Consulting Group (BCG), la France compte, en 2022, entre 10 000 et 15 000 entreprises à impact, dont le chiffre d'affaires oscille entre 15 et 30 milliards d'euros. Elles sont animées par 400 000 à 900 000 salariés, soit 3 à 7 % des effectifs du privé[80]. Ce foisonnement, particulièrement visible dans la galaxie des start-up, représente un signe encourageant.

---

[79] *Ibid.*
[80] « Les start-ups à impact seront-elles les licornes de demain ? », bcg.com, 20 mai 2022.

En parallèle, on ne compte plus le nombre d'étudiants qui interrogent leur parcours, la finalité de leur éducation et leur responsabilité vis-à-vis de la planète ou de la société. Gagner beaucoup d'argent n'est plus considéré comme une priorité. Pensons notamment à ces jeunes d'AgroParisTech qui ont défrayé la chronique lors de la cérémonie des diplômes 2022 en affirmant qu'ils refusaient de travailler pour des métiers participant aux « ravages écologiques et sociaux en cours[81] ». La nouvelle génération démontre qu'elle a d'autres attentes et qu'elle entend faire bouger les lignes, au service de l'intérêt général. Au moins un motif d'espoir pour l'avenir !

La RSE et les labels : le nouveau bio ?

Il ne faut toutefois pas céder à l'idéalisme. Si les déclarations d'intention sont vertueuses, cela cache fréquemment des campagnes de pure communication ou de RSE *washing*. Pour se donner bonne conscience, on mène des actions de façade sans aller au cœur du sujet. C'est l'équivalent du saupoudrage dans le champ politique, quand on distribue de l'argent en sachant pertinemment que cela ne réglera pas le fond des problèmes.

---

[81] Alexandre Luthereau, « Le discours des diplômés d'AgroParisTech reflète une évolution au sein des grandes écoles », letudiant.fr, 17 mai 2022.

On se dit que cela fera de belles images et des articles flatteurs. L'entreprise monte une fondation et creuse deux puits au Sahel, en se prenant en photo avec des enfants souriants, pour afficher sa contribution au bien commun. Mais au bout du compte, rien n'a vraiment bougé. Et les consommateurs ne sont pas dupes : selon une étude récente, 75 % des Français estiment que « le discours environnemental des entreprises n'existe que pour valoriser leur image de marque et augmenter leurs ventes[82] ». Le grand public ne se laisse pas tromper par les faux-semblants et les grosses ficelles.

Quand Elon Musk déclare que l'ESG est une « vaste arnaque » et une « pure escroquerie[83] », il n'a pas tout à fait tort. La plupart du temps, les critères sont centralisés par les entreprises. Celles-ci sont à la fois juges et parties. Chaque département RSE utilise ses propres indicateurs pour communiquer, sans que la démarche ne soit systématisée et vérifiable. Et avec tous les labels existants, il est difficile de s'y retrouver. C'est un peu comme au supermarché avec les appellations AB (agriculture biologique), les mentions « Demeter » et « Nature & Progrès », ou le symbole des étoiles blanches sur fond vert décerné par l'Union européenne. Il y en a tellement qu'on ne sait plus si c'est l'emballage, la méthode de fabrication ou le produit qui est bio... Quant à l'impact réel sur la qualité, il demeure mystérieux pour la majorité des consommateurs.

---

[82] « Transition environnementale : jusqu'à 40 % des consommateurs prêts à se laisser convaincre d'adopter des comportements plus responsables », bcg.com, 14 septembre 2022.

[83] Olivier Ubertalli, « La RSE, une "vaste arnaque" : et si Elon Musk avait raison ? », lepoint.fr, 27 juillet 2022.

Le concept d'ESS souffre de limites similaires. Il s'agit d'un label trop facilement accessible qui risque de déroger à son intention initiale. La légèreté des critères d'attribution induit des effets pervers avec des entreprises qui profitent de subventions publiques sans que leur utilité sociale soit avérée et mesurée. Dans les plus mauvais scénarios, il arrive que ces structures hybrides cumulent le pire du milieu associatif et le pire du monde de l'entreprise...

Bien que la démarche de certaines sociétés soit sincère, tous ces labels donnent l'impression que l'on cherche à noyer le poisson ou à s'acheter une réputation à moindres frais, en faisant plaisir aux journalistes et aux médias. Jamais les entreprises n'ont autant communiqué sur leurs engagements sociétaux. Et pourtant, jamais la situation n'a paru aussi critique sur le plan écologique et social. Comment comprendre ce paradoxe ?

Corriger les excès du capitalisme

En réalité, nous n'avons pas encore changé de paradigme. Qu'elles correspondent à des mesures concrètes ou à de la simple com, toutes ces actions n'influencent le système qu'à la marge. Nous continuons de vivre dans un univers dominé par la quête de rentabilité. Il existe un long chemin entre les discours et les actes.

Même si le capitalisme tente de se réinventer, nous ne sommes toujours pas sortis du vieux modèle de la course aux profits et du court-termisme financier. On n'a jamais autant entendu parler de RSE et de développement durable que lors de la dernière décennie, mais rien ne change fondamentalement. Alors que l'objectif devrait être de mieux redistribuer les richesses créées, la plupart des entreprises continuent de les accumuler. On stocke de l'argent sans engendrer de valeur, ce qui se révèle destructeur pour le bien collectif.

Rentabilité ou postérité : le nouveau dilemme du business

Le court-termisme reste hélas la marque de fabrique des sociétés contemporaines. Dans l'entreprise, on raisonne à un an, du côté des investisseurs à trois ans et sur le plan politique à cinq ans. Dans notre ère d'accélération des flux et des échanges, il apparaît impossible de construire quelque chose de pérenne. Aujourd'hui, plus personne n'aurait l'idée de lancer un chantier comme Notre-Dame, sur environ deux siècles.

L'incendie de ce monument est presque une métaphore de notre époque : un monde qui brûle sous nos yeux et qui sacrifie l'avenir à l'instantanéité, aux images incandescentes et aux profits immédiats. Nous ne parvenons plus à embrasser une vision à long terme et à nous projeter vers un futur meilleur. Preuve en est : nos sociétés semblent partagées entre nostalgie pour un âge d'or révolu et craintes démesurées vis-à-vis de l'avenir (peur de l'effondrement, fantasme du « grand remplacement », etc.), comme si elles avaient bloqué les compteurs.

Pourtant, le thème de la durabilité est sur toutes les lèvres. Des publicités aux rapports des entreprises, en passant par les émissions de télé ou les articles de journaux, le « développement durable » semble enfin à l'ordre du jour. Excellente nouvelle si l'on considère que ces professions de foi épousent une évolution réelle des mentalités ! Le souci, c'est que le « durable » devient lui aussi un objet de consommation et un argument de vente fallacieux. Le secteur de l'immobilier offre une très bonne illustration de ce phénomène : les promoteurs bâtissent des immeubles aux normes HQE (haute qualité environnementale) qui cumulent les défauts et ont l'air de tomber en ruine après seulement quelques années... Qu'y a-t-il de « durable » dans cette démarche ?

Le « durable », ce n'est pas qu'une lettre de A à G sur un diagnostic de performance énergétique (DPE). C'est une autre façon d'appréhender les modèles d'affaires, la gestion des ressources, la création et la répartition des richesses, le respect des paysages, l'impact humain et l'utilité sociale des activités économiques. Quel que soit le domaine concerné, ce sont ces exigences qui doivent nous guider pour donner naissance à des fonctionnements pérennes, en rupture avec le court-termisme et la rentabilité à tout prix.

Des caillots de richesses qui obstruent le système

Pour contrebalancer ces excès du capitalisme, commençons par en finir avec le stockage des richesses qui prive le système d'une partie des ressources. Quand nous sommes passés du stade de chasseurs-cueilleurs à celui d'éleveurs ou d'agriculteurs, nous avons découvert le principe d'accumulation.

Malheureusement, au fil des âges, nous avons entretenu cette logique de manière jusqu'au-boutiste. Constituer des réserves dans l'éventualité d'une pénurie à venir est tout à fait légitime. Il est en revanche absurde de thésauriser à l'excès et de conserver des ressources à ne plus savoir qu'en faire. Si l'on stocke trois tonnes de tomates, sans y toucher, celles-ci finiront inévitablement par pourrir...

La course actuelle aux profits repose sur cette folie. Une partie des entreprises et des individus amassent des fortunes qui ne circulent plus ou peu dans le système économique. En conséquence, certaines parties de la société ne sont plus irriguées et voient leur existence menacée. Pendant que les uns jouissent de moyens illimités – qu'il leur faudrait plusieurs vies pour dilapider –, pendant que les autres comptent à la journée.

Les écarts de salaires délirants sont un symptôme de cette absurdité. Souvenons-nous d'Henry Ford (1863-1947), le célèbre dirigeant de la firme automobile, qui préconisait que le patron ne gagne pas plus de 40 fois la rémunération de l'ouvrier. Le banquier John Pierpont Morgan (1837-1913) avait quant à lui fixé un ratio de 1 à 20. Ces grandes figures du capitalisme n'avaient jamais entendu parler de RSE ou d'ESS, mais elles savaient que de trop fortes inégalités risquaient de conduire à l'explosion sociale ; et elles avaient compris que des salariés bien payés produisaient des consommateurs solvables.

De nos jours, nous avons oublié ces règles de bon sens : aux États-Unis, les grands dirigeants ont un revenu 350 fois supérieur à celui de leurs salariés ; en France, cet écart n'est « que » de 1 à 130[84]. Les revenus des plus modestes stagnent alors que celui des plus fortunés bat des records.

Si l'argent n'était pas stockable, 95 % de ces difficultés seraient résolues. Les particuliers et les entreprises n'auraient plus aucun intérêt à accumuler des sommes dont ils n'ont pas besoin. C'est le principe des « monnaies fondantes » : l'argent a une date de validité – à l'image des tickets restaurants – et perd de sa valeur au fil du temps. Ce n'est qu'un exemple théorique, mais on pourrait très bien imaginer qu'un salaire doit être dépensé dans les trois ans, sous peine de subir un prélèvement de 10, 20 ou 30 %. De la sorte, on limiterait l'accumulation et l'on encouragerait un véritable ruissellement des richesses. Cet argent serait réinjecté dans la consommation ou dans des actions de solidarité. *Idem* pour les entreprises qui engrangent de juteux bénéfices : elles devraient les redistribuer plus rapidement ; et leurs actionnaires seraient confrontés au même impératif s'ils touchaient de gros dividendes. Nul ne gagnerait à pratiquer le stockage excessif.

Le premier à avoir inventé cette idée de monnaie fondante est un économiste allemand, Silvio Gesell (1862-1930), qui fut l'un des inspirateurs des théories monétaires de Keynes.

---

[84] Géraldine Woessner, « Le plafonnement des salaires des patrons », europe1.fr, 13 avril 2017.

Dénonçant les rentes et le manque de redistribution des revenus par les entreprises, il entendait pénaliser les personnes thésaurisant leur argent. En donnant une date de péremption à la monnaie, il souhaitait stimuler la circulation de la richesse[85]. Le modèle qu'il avait échafaudé était couplé à un système de « monnaie estampillée » : il proposait que « chacun passe régulièrement à la poste faire tamponner ses billets de banque, chacun recevant une valeur revue à la baisse selon la durée de sa détention[86] », à hauteur de 0,1 % par semaine, soit 5,2 % par an.

Si le concept n'est pas nouveau, il n'a jamais été appliqué à grande échelle. Alors, pourquoi ne pas tenter ce pari à l'heure où les dérives du capitalisme menacent les équilibres globaux de nos sociétés ? Nous avons besoin de recettes audacieuses et innovantes pour sortir de l'ornière de la course aux profits. Qu'il s'agisse de monnaies fondantes ou d'autres initiatives, n'ayons pas peur de tester des solutions originales qui œuvreront au bien commun. Grâce aux progrès technologiques, nous avons l'opportunité de concevoir des devises 100 % numériques et traçables qui soutiendront les mécanismes de solidarité et la redistribution des richesses. Il serait dommage de se priver d'un tel atout.

C'est toute l'ambition de Poto, la première monnaie numérique sociétale et solidaire.

---

[85] Bruno Colmant, *La Monnaie fondante. La plus stupéfiante des révolutions financières*, Paris, Renaissance du livre, avril 2022.
[86] Jean-Marc Daniel, « Silvio Gesell, inventeur de la "monnaie fondante" », lemonde.fr, 27 septembre 2010.

Chapitre VII. Peut-on faire confiance aux Potos ?

« Ils ne savaient pas que c'était impossible,
alors ils l'ont fait. »
Mark Twain, écrivain

Jusqu'à présent, la mode des cryptomonnaies n'a eu aucun sens. Personne ne sait quelle est l'utilité de ces devises et quels intérêts elles servent. Le fondateur du Bitcoin lui-même ne s'est pas embarrassé de justifications : si vous ne comprenez rien à cet écosystème, c'est que vous êtes idiots ou bornés. Circulez, il n'y a rien à voir... L'argumentaire est un peu court.

Bientôt quinze ans que les cryptos existent, mais leur impact sur la société est quasi nul. Cela reste une oasis numérique qui fascine une minorité de geeks, et surtout de nombreux spéculateurs : une ruée vers l'or qui enrichit quelques « baleines » (surnom donné aux gros investisseurs) au détriment de tous les petits poissons qui se noient dans le grand bain de la finance décentralisée... la « DeFi », comme disent les initiés. Dans un langage plus cru, on pourrait aussi parler de « pigeons » qui se font plumer.

En bref, l'univers des cryptomonnaies produit une minorité de gagnants et un maximum de perdants, soit une parfaite reproduction des inégalités du capitalisme.

Poto, la première monnaie numérique solidaire

Des Potos, pour quoi faire ?

Le projet Poto prend le contrepied total de cette approche. Il repose sur un objectif clair et identifié : être la première monnaie numérique solidaire qui permet de tracer et de flécher tous les échanges du donateur au bénéficiaire. Concourant à davantage d'efficacité, Poto a vocation à offrir une véritable reconnaissance à tous les protagonistes du secteur (bénévoles, donateurs, bénéficiaires, etc.). Stimulant une saine concurrence entre associations, cette nouvelle monnaie sera un catalyseur pour améliorer les mécanismes de redistribution et restaurer la confiance vis-à-vis des acteurs de la solidarité.

Fer de lance d'une nouvelle génération de monnaies numériques sociétales et écologiques, Poto va donner un sens et une utilité aux technologies du Web3, à commencer par la blockchain. Adossée à des principes de transparence, de traçabilité et de confiance, cette devise va révolutionner le marché de la solidarité et contribuer à la réduction des inégalités. Sa création sera la première étape d'un grand mouvement pour refonder notre système de redistribution et favoriser une société de la reconnaissance. En somme, Poto répond à des besoins fondamentaux de l'individu et du collectif.

Poto, l'anti-Bitcoin ?

La conception de Poto tire les leçons des erreurs de jeunesse des cryptomonnaies. Premièrement, aussi évident que cela puisse paraître, il s'agit d'une devise écologique. Soit tout l'inverse du Bitcoin. C'était une conviction très forte dès la genèse du projet, et l'actualité ne fait que renforcer la pertinence de ce choix. Dans un contexte de hausse du prix des énergies et de raréfaction des ressources, on ne peut pas demander aux particuliers de faire des économies tout en tolérant le minage et en rémunérant des personnes qui font tourner des ordinateurs dans des fermes. Accepter cela serait injuste et aberrant.

Deuxièmement, Poto n'est pas un objet de spéculation. C'est un *stablecoin* (littéralement, une « monnaie stable ») qui s'appuie sur une équation élémentaire : 1 Poto = 1 euro. L'émission de cette monnaie est forcément liée à des sommes en euros qui sont conservées en banque ; bien que sa masse monétaire soit en théorie infinie, le nombre de Potos devrait correspondre au marché de la solidarité (15 milliards d'euros). La devise n'est pas soumise aux aléas boursiers, aux effets de mode et aux manipulations d'investisseurs richissimes. Elle ne fera jamais le yoyo comme le Bitcoin – et l'intégralité des autres cryptos – dont le cours a varié de 5 000 à 65 000 dollars pour la seule période comprise entre mars 2020 et novembre 2021. Le meilleur moyen d'effrayer le grand public…

Troisièmement, Poto possède des caractéristiques qui vont encourager la confiance : il est intègre, visuel, certifié et traçable. C'est une monnaie publique et nominative qui valorise le don en favorisant la reconnaissance des donateurs ; même si ces derniers peuvent choisir de ne pas révéler leur identité, tout est fait pour que leur engagement soit mis en exergue ; chaque Poto est répertorié dans la blockchain. Et contrairement au Bitcoin, l'ambition de Poto est facilement compréhensible : cette monnaie donne la possibilité de mesurer la solidarité, de l'améliorer, de la rendre efficace, de la visualiser (sans s'arrêter au « trou noir » de la solidarité), d'estimer son impact et d'observer la circulation des dons en temps réel.

La place de marché Poto

Le Spotify des associations

L'avantage de Poto est de réunir en un seul et même lieu tous les acteurs d'un écosystème atomisé : les donateurs, les associations, les entreprises à impact, les bénéficiaires, les pouvoirs publics en lien avec la solidarité. En effet, quoi de mieux qu'une monnaie pour agréger toutes ces bonnes volontés ?

Aujourd'hui, en France, il n'existe pas de véritable base de données regroupant toutes ces structures, et encore moins de guichet unique.

C'est une lacune qui alimente une série de dysfonctionnements majeurs. Poto remédie à cette difficulté en fédérant ces acteurs et en classant leurs domaines d'intervention par thèmes, pour plus de visibilité et de lisibilité. C'est d'ailleurs un facteur d'exposition inestimable pour toutes les petites associations et start-up qui œuvrent actuellement sous les radars alors qu'elles effectuent un super job.

Poto fonctionne sur le modèle d'une place de marché ou d'une plateforme musicale. En fonction de leurs besoins ou de leurs centres d'intérêt, les bénéficiaires et les donateurs sont orientés vers les organismes qui répondent à leurs attentes. Des suggestions leur sont également adressées, selon les associations auxquelles ils ont déjà recouru ou versé de l'argent. Chaque utilisateur constitue en quelque sorte sa playlist, selon ses affinités et ses coups de cœur.

Une notation comme sur Uber

Pour stimuler les comportements vertueux et créer une émulation entre les différents organismes, Poto instaure un système de notation qui reprend les codes classiques du Web : une évaluation à partir d'étoiles, comme on la trouve sur Uber où l'utilisateur et le chauffeur notent la course. C'est un consensus qui fonctionne plutôt bien et neutralise les biais quand les avis sont nombreux.

En l'occurrence, pour Poto, deux paramètres sont notés : d'une part, l'accueil et la prise en charge des associations, qui sont toujours des aspects délicats – mais ô combien importants – pour les personnes en situation de fragilité ; d'autre part, l'utilité des actions menées, qui ne repose pas uniquement sur la subjectivité du donateur mais peut être mesurée en direct grâce au suivi et à la transparence de la devise Poto. Que vous donniez 1, 10 ou 100 Potos, vous savez précisément comment ils ont circulé et comment ils ont été utilisés. C'est l'une des vertus de la blockchain : l'argent est d'une certaine manière géolocalisé en temps réel. On rend des comptes aux donateurs et aux bénéficiaires à chaque instant.

Le metaverse Poto

Poto ne se limite toutefois pas à une place de marché. Pour améliorer l'expérience utilisateur, un metaverse en forme d'île a été créé. Pour rappel, le metaverse est un univers qui transpose le monde physique dans la galaxie digitale en abolissant les contraintes du réel. En passant de la 2D à une projection en 3D, on obtient un usage beaucoup plus immersif. Se servir de Poto, cela ne se cantonne pas à dépenser une monnaie pour aider les plus fragiles ; c'est aussi accéder à un lieu d'échange, de dialogue et de partage où les besoins de chacun sont mieux ciblés et où l'anonymat n'a pas sa place. Le metaverse n'est pas là pour donner un habillage marketing mais pour enrichir et améliorer les dispositifs et l'accès à la solidarité.

Les Sims, version utile et solidaire

Concrètement, tous les utilisateurs qui entrent dans le metaverse Poto sont accueillis, de façon informelle, par un personnage qui les questionne sur leur existence quotidienne : leur santé, leur logement, leur budget, leur travail, etc. Ils ont ensuite droit à une visite guidée de l'île, au travers de ses lieux clés : la gendarmerie pour signaler des problèmes de sécurité et de harcèlement ; le cabinet médical pour obtenir un prédiagnostic et éventuellement prendre un rendez-vous *via* une plateforme comme Doctolib ; la mairie pour effectuer certaines démarches administratives et être accompagné ; la place publique et les bars pour discuter avec d'autres utilisateurs ; le cimetière pour la postérité ; le feu de camp, etc. Pour chacun de ces lieux, il existe des ponts avec des services réels.

On retrouve des marqueurs qui ont fait le succès des Sims ou de Second Life. Sauf que ce n'est pas qu'une distraction. Derrière ce côté ludique, qui facilite l'appropriation, il y a une authentique utilité, au service de la générosité. Quand il se balade dans le metaverse Poto, l'utilisateur n'interagit pas avec des PNJ (personnages non jouables dans le langage des jeux vidéo) ou des éléments artificiels : il est mis en contact avec des personnes et des dispositifs qui peuvent avoir un impact sur sa vie de tous les jours.

Le digital contre les barrières invisibles

Ce qui est intéressant, c'est que le digital est une porte d'entrée plus facile à pousser que celle des structures associatives. Le premier contact est moins éprouvant pour les bénéficiaires ; ils n'ont pas à affronter le regard des autres par rapport à leur situation de précarité – un motif qui explique que tant de personnes hésitent ou renoncent à solliciter de l'aide auprès des organismes dédiés. Établir le dialogue sur un ton informel instaure une autre relation, plus naturelle, avant d'évoquer le cœur des difficultés.

L'autre intérêt du digital, c'est de mieux flécher et personnaliser la prise en charge de chacun. Les nouvelles technologies représentent un précieux outil pour bien profiler les besoins des bénéficiaires et les mettre en relation avec les interlocuteurs adéquats. Dans le metaverse Poto, cette première discussion a lieu par l'intermédiaire d'une visioconférence avatarisée : le visage de la personne est cartoonisé et ses mouvements ne sont pas reproduits afin d'éviter la barrière physique. Le digital est un moyen de surmonter tous les freins, plus ou moins invisibles, qui empêchent les plus précaires de recourir à la solidarité.

En résumé, le metaverse n'ajoute pas une couche virtuelle pour enjoliver les problèmes de pauvreté. Il offre un prolongement et une efficacité supplémentaire à des mécanismes d'assistance qui demeurent pour l'instant imparfaits dans le monde physique. De ce point de vue, le digital enrichit bel et bien le réel.

Les grandes étapes de la révolution Poto

Étape 1 : optimiser le fonctionnement des associations

Grâce à sa transparence, Poto va assainir le fonctionnement des associations et des organismes dédiés à la solidarité. Ceux qui stockent de l'argent ou n'utilisent pas leurs fonds seront contraints de se justifier auprès de leurs donateurs. Mieux, le système va obliger chaque structure à adopter un comportement exemplaire, ce qui ira dans le sens d'une correction automatique des dysfonctionnements actuels. Il n'y aura plus de primes d'ancienneté ou de notoriété aux « associations stars » et aux mastodontes du secteur. Peut-être une façon de « dégraisser le mammouth… », comme le disait un ancien ministre.

Les Potos vont également donner une historicité et une trace à toutes les actions de solidarité, ce qui permettra de comparer les associations, de mettre en avant les bonnes pratiques et de valoriser les acteurs les plus efficaces. Les donateurs seront également mieux reconnus pour leur contribution à l'intérêt général : ils verseront de l'argent en confiance et leur engagement sera par défaut rendu public, sauf s'ils émettent un avis contraire. Quant aux bénévoles, ils pourront aussi bénéficier de cette révolution. À terme, pourquoi ne pas imaginer les associations les rétribuer en Potos, afin de récompenser et de matérialiser leurs efforts ? Osons récompenser ceux qui consacrent du temps aux autres en créant un nouveau cycle.

La philosophie qui anime Poto est la suivante : donner naissance à une société de la reconnaissance qui incite les particuliers et les entreprises à faire preuve de générosité, tout en optimisant la prise en charge des bénéficiaires. C'est un cercle vertueux qui profite à tous les acteurs de la chaîne de solidarité.

Étape 2 : démocratiser l'usage des monnaies numériques

La simplicité d'utilisation de Poto encouragera aussi la démocratisation des monnaies numériques en leur conférant une finalité. Pour le moment, très peu de Français utilisent les cryptos : en 2022, 8 % en détiennent et ils sont moitié moins à s'en servir de façon concrète, pour effectuer des paiements électroniques[87] ; ce sont juste des investissements destinés à s'enrichir (ou à s'appauvrir...). Ce faible pourcentage s'explique facilement : le monde des cryptos reste beaucoup trop complexe, pour ne pas dire opaque ; entre l'ouverture d'un *wallet*, les frais de transaction (*gas fee*) et de conversion, ainsi que le risque de perdre ses fonds en cas d'oubli de la clé privée, le système ressemble à une usine à gaz.

Avec Poto, on simplifie l'acquisition et l'usage de monnaies numériques avec une interface intuitive, des frais réduits et la possibilité de régénérer sa clé privée. Chaque Poto dépensé par un donateur est intégralement reversé à un bénéficiaire. Les frais n'interviennent que dans un cas : lorsque les personnes veulent transformer leurs Potos en euros. Il n'y a pas de coûts cachés ou de mauvaises surprises.

---

[87] Statista Research Department, 3 février 2022.

Le même souci de transparence prévaut pour la détention de la devise : au-delà de 150 Potos, les personnes doivent montrer patte blanche en scannant leur carte d'identité, *via* une procédure classique et rapide de KYC (*Know Your Customer*). *Idem* pour leur inscription au metaverse : l'anonymat n'a pas sa place pour éviter de reproduire les comportements déviants qui polluent les réseaux sociaux.

Étape 3 : remplacer l'euro ?

Dans un second temps, il n'est pas exclu que Poto devienne une monnaie mondiale. Il pourrait même représenter le futur de l'euro. Pour cela, il faudra naturellement surmonter certaines réticences psychologiques : que chacun accepte de dire combien il gagne et que les mouvements monétaires soient tracés. Dans une société où tout le monde réclame de la transparence, une telle évolution n'a rien d'impossible. La Banque centrale européenne (BCE) planche d'ores et déjà sur 1 euro numérique à l'horizon 2026-2027. Au cours des prochaines années, la blockchain et les cryptomonnaies vont inévitablement se développer, ce qui offrira des opportunités aux projets répondant à des besoins précis.

Avec Poto, il serait par exemple envisageable de suivre au plus près toutes les subventions versées par l'État et les collectivités à des organismes de solidarité ou à des particuliers. Pour l'administration fiscale, ce serait du pain bénit : ce serait un outil de contrôle, de traçage et de mesure d'impact, au service d'un argent public mieux géré.

En tant que contribuables, nous sommes tous des donateurs publics : nous aurions tous intérêt à ce que le système soit plus performant et plus transparent. Si la première génération de cryptos et de blockchain a enfanté des monstruosités, tout n'est pas à jeter dans ces technologies, loin de là ! Ce sont des instruments qui peuvent contribuer à l'efficacité, la visibilité et la confiance.

Étape 4 : devenir une monnaie fondante ?

Dans sa deuxième version, Poto pourrait parfaitement se transformer en monnaie fondante[88]. Le pouls de l'économie ne serait plus impulsé par le stockage d'argent, mais par l'expiration de la richesse. En imposant une date de validité à la monnaie, on engendrerait enfin une régulation et une contre-réaction aux excès du capitalisme. Les plus fortunés n'auraient plus l'opportunité d'amasser des sommes colossales ; ils seraient obligés de réinjecter l'argent, de le faire circuler et de participer au ruissellement des richesses.

Les cryptos ne sont qu'un moyen, pas un besoin. Grâce aux monnaies fondantes, nous répondrions à l'une des aspirations les plus fortes de notre époque : réduire les inégalités et les injustices afin de pacifier la société. Une proportion croissante et la majorité des citoyens espèrent ce changement de grande ampleur.

---

[88] Cf. chapitre VI.

En rompant avec l'accumulation de richesses et la course aux profits, nous entrerions dans une nouvelle phase de l'histoire mondiale, régie par d'autres valeurs, où le travail et la propriété n'auraient plus la même importance. Ce serait un univers différent, donnant davantage de place à l'humain, au sens et aux besoins supérieurs de l'individu. En définitive, ce serait une civilisation digitale qui cesserait de considérer les technologies comme une fin en soi, mais ferait de celles-ci un vecteur de progrès collectif sur tous les plans : l'économie, la politique, l'environnement, les relations sociales, l'épanouissement individuel.

Pour ce faire, saisissons l'opportunité technologique offerte par la première monnaie numérique dédiée à la générosité : le Poto.

Une monnaie fléchée, sécurisée, stable (1 Poto = 1 euro), publique et respectueuse de l'environnement, dont l'établissement émetteur Mon Ami Poto est régulé et agréé par l'Autorité de contrôle prudentiel et de résolution (Banque de France).

Conclusion / Le monde d'après

Tout le monde sent que nous arrivons au bout d'un cycle. L'élastique qui nous retenait au monde d'hier (société d'ultraconsommation, gâchis des ressources, capitalisme débridé) est sur le point de craquer. Nos sociétés sont embarquées dans un avion qui se précipite vers le sol sans savoir où atterrir. Certains signes ne trompent pas : entre le réchauffement climatique, la situation sociale explosive dans les pays occidentaux et le sentiment de crise permanente, tout indique que nous sommes proches de l'impact.

La bonne nouvelle, c'est qu'il y aura forcément un rebond. Qu'il s'effectue en douceur ou dans la douleur, il aura lieu. Comme nous l'enseigne l'Histoire, toutes les civilisations connaissent une expansion, un apogée, puis un déclin qui survient lorsque l'individualisme et les privilèges règnent en maîtres. Ce schéma se répète depuis des siècles et nous sommes en train de faire l'expérience de la phase ultime : celle qui marque la fin d'un monde et l'entrée dans une nouvelle ère.

Foncer dans le mur ou changer de chemin ?

Sortir de la voie de garage

Ce changement est désormais inéluctable car nos sociétés ont besoin de rééquilibrage à tous les niveaux. Sur le plan écologique d'abord : il est évident que nous allons devoir transformer les modes de production énergétiques et mieux respecter la planète ; ce n'est plus une option, mais une question de survie. Heureusement, sur ce point, il existe une prise de conscience générale et un consensus large.

Sur le plan humain ensuite : nous nous sommes trop éloignés de cette dimension en laissant les plus fragiles sur le bord de la route ; nous abandonnons les plus âgés dans des Ehpad, nous tolérons que des travailleurs vivent dans la pauvreté et nous devenons indifférents à la misère. En parallèle, nous nous réfugions derrière nos écrans pour ne pas affronter un réel qui nous déplaît. Plus personne ne se satisfait de cette déshumanisation qui vire au non-sens. La crise du Covid a d'ailleurs joué un rôle de révélateur utile : le confinement nous a laminés psychologiquement ; quand la privation de libertés a cessé, notre premier réflexe a été de revenir vers les autres, d'aller aux terrasses des cafés et de retrouver le goût de l'existence, aux côtés de nos proches. Le soulagement a été incroyable. Cet épisode nous a rappelé quelles étaient nos aspirations fondamentales.

Sur le plan économique et social enfin : il est temps de tirer le frein à main par rapport aux indicateurs financiers ; nous fonçons dans le mur à force de courir après le temps et les profits ; trop de fossés et d'inégalités se creusent, opposant une poignée de riches à une majorité en voie de déclassement ; tôt ou tard, le nombre finira par reprendre le dessus et l'emporter sur la majorité de privilégiés. Ceux qui sont en situation de supériorité numérique n'accepteront pas longtemps que rien ne bouge.

Le *mindset* du monde d'après

Il faut regarder la réalité en face et se poser les bonnes questions. Où nous a menés le système dans lequel nous vivons ? Quel est l'intérêt d'accélérer en permanence ? Et pourquoi maintenir un vieux logiciel qui apparaît dorénavant obsolète ? À force de tout vouloir tout de suite, nous ne désirons plus rien. L'illusion de la consommation ne nous rend pas plus heureux. L'idéal de vitesse nous prive de repères et d'ancrage dans la réalité. L'accumulation de biens et de richesses – pour ceux qui en ont les moyens – ne fait qu'aggraver les pénuries, les injustices et les dégâts environnementaux. Qui voudrait préserver de tels (dys)fonctionnements ?

Puisqu'une nouvelle page s'ouvre, un autre état d'esprit s'impose. Plus de sobriété, plus d'empathie, plus de sociabilité, plus d'équité et plus d'humanisme ! Les piliers qui soutenaient le monde d'hier ne seront pas ceux de la société de demain : la propriété et le travail n'occuperont plus une place aussi centrale dans nos vies individuelles ; et à l'échelle collective, nous surferons sur la vague de progrès technologiques afin de redéfinir notre contrat social et notre organisation politique.

Ayons l'audace d'imaginer ce changement de paradigme !

Propriété : la mort des rentiers et des héritiers ?

Si l'on voulait poser la première pierre de ce nouveau monde, il faudrait en finir avec la notion de propriété. En permettant le stockage de richesses, elle n'engendre que des difficultés. Elle crée une société de rentiers et d'héritiers qui perpétuent de génération en génération leurs privilèges. La fin de la propriété ne signifierait pas le retour au communisme ou à des expériences qui ont mené à la catastrophe. Chacun serait libre de choisir son appartement ou sa maison, en fonction de ses moyens financiers, mais il n'en aurait que l'usufruit. Ce serait une étape importante dans la réduction des inégalités et des injustices. De la même manière que les monnaies fondantes favorisent la redistribution des richesses, la fin de la propriété contribuerait à davantage d'égalité des chances entre individus.

Cette évolution n'est pas qu'une utopie ou une vue de l'esprit. Elle est déjà en germe depuis l'avènement du Web2. En effet, nous passons peu à peu d'une économie de la possession à une économie de l'usage. Au lieu d'acheter, nous pouvons désormais louer un véhicule, du matériel informatique, de l'électroménager, voire des vêtements. L'acquisition de biens iconiques de la société de consommation – à commencer par la voiture – n'est plus un réflexe. Il n'y aurait rien d'étonnant à ce que ce mouvement s'étende à la plupart de nos besoins matériels. Qui plus est si cela favorise la sobriété écologique, avec des échanges fondés sur le partage et la circularité. Beaucoup moins de ressources seraient gaspillées et le pouvoir d'achat n'en serait que meilleur.

Travail : du matériel au spirituel ?

Au cours des prochaines années, notre approche du travail sera également bouleversée. Plus personne n'effectuera le même métier tout au long de sa vie. Il faudra sans doute tester 10, 20 ou 30 jobs au cours de son parcours professionnel, ce qui impliquera de repenser de fond en comble notre système éducatif et de formation. Des concepts comme le CDI, qui faisait jusqu'à présent office de Graal, n'auront plus aucune pertinence. Bientôt, proposer un contrat de ce type à un jeune vaudra peut-être au patron un passage par la case prud'hommes...

Avec la montée en puissance de l'intelligence artificielle et de la robotique, l'automatisation ne concernera plus seulement les métiers manuels, mais gagnera les tâches complexes et intellectuelles, comme celles des avocats, des médecins, des journalistes ou des dirigeants d'entreprise. D'ailleurs, ce scénario n'appartient plus à la science-fiction : en septembre 2022, le groupe chinois NetDragon Websoft a nommé comme patronne une IA... Même si de nouveaux jobs apparaîtront, en lien avec les technologies du futur, cela ne suffira pas à compenser la destruction d'emplois par les « machines ».

À partir du moment où il n'y a plus de travail pour tout le monde, il devient capital d'assurer à chaque citoyen une couverture de ses besoins essentiels. C'est la condition d'un environnement pacifié. Certains parlent de « revenu universel », mais ce n'est pas le bon terme. Ce qu'il faut, c'est offrir à chacun une garantie matérielle et une dignité tout au long de l'existence. De quoi se nourrir, se loger et éduquer ses enfants. Libre ensuite aux uns et aux autres de gagner de l'argent pour couvrir des besoins superflus.

Ce mouvement ne donnera pas naissance à un monde d'oisiveté. Si le travail en entreprise n'est plus son principal vecteur d'accomplissement personnel, l'individu pourra se consacrer à d'autres activités, centrées sur le lien social, l'ouverture aux autres et la connaissance. Nous pourrions nous diriger vers une société moins individualiste et matérialiste où la spiritualité prendrait plus d'importance. Le besoin de croyance n'étant pas près de disparaître, les religions seraient remplacées par une version moins obscurantiste : un mélange de philosophie et de sciences.

Politique : un « algo » pour nous gouverner tous ?

La classe politique actuelle sera, elle aussi, emportée par le tsunami technologique. Aujourd'hui, nous ne savons plus quelle est l'utilité de nos dirigeants et de nos représentants. Ils se révèlent incapables d'œuvrer à l'intérêt général.

Cinq cent soixante-dix-sept députés, soit plus que le nombre de patrons du CAC 40 et du S&P 500, mais des résultats d'une effarante médiocrité. Et ne parlons pas des strates de pouvoir (municipalités, intercommunalités, métropoles, départements, régions, État, etc.) qui sont tellement nombreuses qu'elles ne cessent d'accentuer le fossé entre l'élite et le peuple.

En France comme ailleurs, la défiance des citoyens se généralise et le système démocratique semble à bout de souffle. Pour éviter de basculer dans l'extrémisme ou la violence, il est urgent d'explorer d'autres modes de gouvernance.

Ici encore, ne craignons pas d'innover ! Avec un algorithme auquel on délèguerait la majorité des décisions, on règlerait beaucoup de problèmes. En utilisant la masse de données et d'informations existantes (qualité de l'air, circulation des maladies, consommation d'énergie, avis des citoyens, etc.), l'intelligence artificielle serait en mesure de dégager des consensus qui satisferaient une majorité d'individus sur chaque sujet. L'algorithme serait programmé pour servir l'intérêt général. Quant à la blockchain, elle aurait son utilité puisqu'elle offrirait un registre public pour mesurer et suivre l'exécution des décisions. Les règles seraient plus claires, plus transparentes et plus justes.

L'avantage, c'est que l'IA n'est pas guidée par la moralité, les émotions ou des biais partisans. Elle peut trouver des points de convergence dans une somme d'informations monumentale. Pour la plupart des mesures pratiques, en rapport avec l'intérêt collectif, ce dispositif automatisé serait bien plus adapté que le processus de décision humain. Certains rétorqueront que le consensus peut aboutir à des erreurs et de mauvais choix. C'est vrai. Mais dans ce cas, le système s'autorégulera : si la majorité mise sur des options politiques funestes, elle courra à sa perte. L'IA ne nous empêchera pas de nous tromper.

Ce recours accru aux technologies n'exclurait pas l'humain. Ce dernier serait chargé de déterminer le fonctionnement de l'algorithme et de mettre à jour les règles, en fonction d'une vision de la société et de grandes orientations qui seraient débattues par les citoyens. Au lieu d'une Constitution rigide et gravée dans le marbre, dont la modification s'avère ultracomplexe, nous aurions un système évolutif et itératif, qui apprendrait de ses erreurs et s'adapterait à son écosystème : un peu comme les versions successives de l'iPhone ou des applications tournant sous Android ; les mises à jour corrigent les bugs et améliorent les performances globales du smartphone.

Écologie : frontières flottantes et îles artificielles ?

Terminons cet exercice de prospective par un point crucial : notre capacité collective à surmonter la crise écologique et à sauver la planète.

Au-delà des problématiques énergétiques, c'est la question du peuplement et des espaces habitables qui va devenir critique. Que ferons-nous si le dérèglement climatique continue de s'aggraver ? N'en déplaise à Elon Musk, il y a peu de chances que nous quittions la Terre à bord de grands vaisseaux pour rejoindre Mars. Et les voyages intergalactiques façon *Star Trek* ou *Battlestar Galactica* ne sont pas encore pour demain... Nous ne pourrons pas nous échapper et il faudra trouver des solutions concrètes pour les 10 milliards d'habitants qui peupleront le globe à l'horizon 2050. Sinon, ce sera un chaos au parfum d'apocalypse.

Premièrement, nous devons dès maintenant anticiper les déplacements de population liés aux dérèglements environnementaux, ce qui pourrait passer par la mise en place de frontières flottantes. Avec l'explosion du nombre de réfugiés climatiques, la conception figée du territoire et de la géographie ne se justifiera plus. L'idée serait de reconnaître à chaque individu un nombre de mètres carrés en sécurité, sur des terres fertiles ou exploitables ; on affecterait une quote-part du territoire à toutes les populations mondiales. Sur les 150 millions de kilomètres carrés de terres émergées que compte la planète (soit 150 000 milliards de mètres carrés), il y a largement de quoi garantir ce droit, même en intégrant les zones inhospitalières.

Deuxièmement, il ne faut pas exclure la création d'îles artificielles pour contrebalancer le manque d'espace. 70 % de la Terre (360 millions de kilomètres carrés) étant composée d'eau, ce serait une option intéressante. Ces îles ne dépendraient pas obligatoirement d'États existants. Certaines seraient installées dans les eaux internationales et serviraient de base à de nouveaux projets de société. Elles seraient dotées de leur propre monnaie, de règles établies en fonction d'un consensus et d'une organisation politique moins complexe que celle de nos États. Les individus auraient la liberté de les quitter ou de les rejoindre ; ils feraient leur choix selon les valeurs régissant ces territoires et en tenant compte de l'aptitude de ces sociétés à répondre à leurs besoins fondamentaux. Au fond, on sortirait des modèles de l'État et de la démocratie tels que nous les connaissons actuellement.

La fin n'est qu'un commencement

La fin n'étant que le commencement de quelque chose d'inédit, n'ayons pas peur de sillonner d'autres chemins. Le seul risque que nous prenons, c'est de sortir de l'impasse où nous ont conduits nos vieux modes de fonctionnement. Faute de les avoir actualisés, nous avons perdu le sens de notre existence collective. Pourtant, l'hyperconsommation, la destruction des ressources, la concentration des richesses et le règne des inégalités ne sont pas une fatalité. Ce sont des bugs que l'on a la possibilité de corriger, à condition d'une mise à jour de notre logiciel de pensée.

Dans tous les domaines, des innovations technologiques et sociétales peuvent apporter des remèdes à ces écueils. L'enjeu est simplement de se doter d'objectifs clairs et de savoir quels besoins nous souhaitons servir en priorité grâce à ces progrès. La civilisation digitale nous a apporté une somme d'applications pour enrichir notre vie. Mais ce matériel nous a été fourni sans manuel d'utilisation. Nous sommes passés du stade d'*Homo sapiens* à celui d'*Homo numericus* à partir d'une bible vierge.

Pour avancer dans le monde qui vient, nous avons plus que jamais besoin de jeter les bases d'un nouveau récit collectif.

Pour conclure, en parlant de collectif, j'adresse mes remerciements les plus sincères à Kévin Le Louargant, ce dernier m'ayant aidé au gré de nos nombreux échanges à poser mes mots sur des maux.

Bibliographie

Ouvrages

Chris Anderson, *Makers. La nouvelle révolution industrielle*, Paris, Pearson, novembre 2012.

Jean-Marc Bally et Xavier Desmaison, *Junk Tech. Comment la Silicon Valley a gagné la guerre du marketing*, Paris, Hermann, novembre 2020.

Alessandro Baricco, *The Game*, Paris, Gallimard, novembre 2019.

Nicholas Carr, *Internet rend-il bête ?*, Paris, Robert Laffont, octobre 2011.

Bruno Colmant, *La Monnaie fondante. La plus stupéfiante des révolutions financières*, Paris, Renaissance du livre, avril 2022.

Michel Desmurget, *La Fabrique du crétin digital. Les dangers des écrans pour nos enfants*, Paris, Seuil, août 2019.

Esther Duflo et Abhijit V. Banerjee, *Économie utile pour des temps difficiles*, Paris, Seuil, mars 2020.

Elizabeth Dunn et Michael Norton, *Happy Money. The Science of Happier Spending*, New York, Simon & Schuster, mai 2014.

Thomas L. Friedman, *Merci d'être en retard*, Paris, Saint-Simon, mars 2017.

David Graeber, *Bullshit Jobs*, Paris, Les Liens qui libèrent, septembre 2018.

Jeremy Heimans et Henry Timms, *Nouveau (contre) pouvoir*, Paris, Plon, février 2019.

Philippe Herlin, *Bitcoin. Comprendre et investir*, Eyrolles, décembre 2021.

Branko Milanovic, *Le Capitalisme, sans rival*, Paris, La Découverte, septembre 2020.

Alain Minc, *La Mondialisation heureuse*, Paris, Plon, juillet 1998.

Evgeny Morozov, *Pour tout résoudre cliquez ici. L'aberration du solutionnisme technologique*, Paris, FYP Éditions, septembre 2014.

Bruno Patino, *La Civilisation du poisson rouge. Petit traité sur le marché de l'attention*, Paris, Grasset, avril 2019.

Marc Randolph, *Ça ne marchera jamais !*, Neuilly-sur-Seine, Michel Lafon, mars 2020.

Mathias Roux, *La Dictature de l'ego. En finir avec le narcissisme de masse*, Paris, Larousse, novembre 2018.

Andrew Stanley, « Inégalités mondiales », *Finance & Développement*, mars 2022.

Jean M. Twenge, *iGen. Why Today's Super-Connected Kids Are Growing Up Less Rebellious, More Tolerant, Less Happy – and Completely Unprepared for Adulthood – and What That Means for the Rest of Us*, Atria, septembre 2018.

Sitographie

Adan, KPMG, « La Crypto en France : structuration du secteur et adoption par le grand public », adan.eu, février 2022.

Banque de France, « Enquête typologique sur le surendettement des ménages en 2021 », 7 février 2022.

« Chiffres clés de la générosité », francegenerosites.org, septembre 2021.

« Qu'est-ce qu'un ransomware ou rançongiciel ? », cybermalveillance.gouv.fr, 2 mars 2022.

« State of Mobile 2022 », datai.ai

Ifop, « Cryptomonnaies et NFT : folie spéculative ou révolution technologique ? », 9 février 2022.

Myriam Jézéquel, « Comment obtenir plus de bonheur pour son argent ? », ordrecrha.org, 9 mars 2015.

« L'économie sociale et solidaire », www.economie.gouv.fr, 16 décembre 2020.

« Les start-ups à impact seront-elles les licornes de demain ? », bcg.com, 20 mai 2022.

Restosducoeur.org

Selectra Climate Consulting, « Bitcoin et écologie : la pollution par les cryptomonnaies », climate.selectra.com, 17 février 2022.

Statista Research Department, « Cryptomonnaies faits et chiffres », février 2022.

« Transition environnementale : jusqu'à 40 % des consommateurs prêts à se laisser convaincre d'adopter des comportements plus responsables », bcg.com, 14 septembre 2022.

Gregory Verdugo, « La polarisation des marchés du travail », ses.ens-lyon.fr, 25 août 2020.

Observatoire des inégalités, « Un million de travailleurs pauvres en France », 12 mai 2022.

Yahoo Finance, « Capitalisation boursière des GAFA », janvier 2022.

1er Observatoire du sens de l'argent Crédit coopératif & Viavoice, « Pour 79 % des Français l'argent n'est pas un tabou à l'échelle individuelle mais le reste à celle de la société : les premiers enseignements de ce nouvel observatoire », 3 juin 2021.

Articles de presse

« Associations et fondations, la transparence au-delà des lois », lenouveleconomiste.fr, 14 avril 2021.

Jean Botella et Jessica Huynh, « H&M, Zara... après les scandales, les marques veulent miser sur l'éthique », capital.fr, 2 août 2021.

Nicholas Carr, « Est-ce que Google nous rend idiot ? », lemonde.fr, 18 décembre 2009.

Caroline Courvoisier, « Cryptomonnaie : le Dogecoin, une "blague" qui atteint des sommets », ideal-investisseur.fr, 22 mars 2022.

« Cryptomonnaie "Squid Game" : une escroquerie à 3 millions d'euros », tf1info.fr, 3 novembre 2021.

Jean-Marc Daniel, « Silvio Gesell, inventeur de la "monnaie fondante" », lemonde.fr, 27 septembre 2010.

Rémy Decourt, « Jour du dépassement de la Terre : nous allons vivre les 5 prochains mois à crédit », futura-sciences.com, 28 juillet 2022.

Anne de Guigné, « La redistribution amortit les inégalités », lefigaro.fr, 27 mai 2021.

Océane Herrero, « Superprofits : pourquoi la création d'une taxe fait débat », lefigaro.fr, 13 septembre 2022.

« La France compte près de 300 000 sans-domicile-fixe, selon la Fondation Abbé Pierre », lemonde.fr, 15 novembre 2020.

Alexandra Laignel-Lavastine, « Axel Honneth : “Sans la reconnaissance, l'individu ne peut se penser en sujet de sa propre vie” », philomag.com, 6 décembre 2006.

Nelly Lesage, « Qui est Satoshi Nakamoto ? Découvrez les théories sur le mystérieux inventeur du Bitcoin », numerama.com, 17 juin 2021.

Corine Lesnes, « Dans la Silicon Valley, les capitalisations boursières s'envolent, mais les inégalités sont toujours plus criantes », lemonde.fr, 26 février 2021.

Alexandre Luthereau, « Le discours des diplômés d'AgroParisTech reflète une évolution au sein des grandes écoles », letudiant.fr, 17 mai 2022.

Lucile Meunier, « Quand la génération Z fait des réseaux sociaux son business », start.lesechos.fr, 26 mars 2021.

Grégoire Normand, « Taxe sur les superprofits : ce qu'elle pourrait rapporter au fisc », latribune.fr, 12 septembre 2022.

Grégoire Orain, « Sur Amazon Turk, les forçats du clic », lemonde.fr, 22 mai 2017.

Thibaut Pezerat, « Nabilla invite François Hollande à tourner une sextape pour gagner en popularité », lelab.europe1.fr, 10 novembre 2013.

Sandrine Trouvelot et Étienne Gingembre, « Associations : lesquelles méritent vos dons ? 123 organismes passés au crible », capital.fr, 22 décembre 2017.

Olivier Ubertalli, « La RSE, une “vaste arnaque” : et si Elon Musk avait raison ? », lepoint.fr, 27 juillet 2022.

Géraldine Woessner, « Le plafonnement des salaires des patrons », europe1.fr, 13 avril 2017.

Vidéos

L'idée des Restos du cœur a été lancée le 26 septembre 1985 sur Europe 1 : « Coluche : “une petite idée comme ça” », youtube.com, 25 septembre 2010.

Printed in Poland
by Amazon Fulfillment
Poland Sp. z o.o., Wrocław
20 March 2024

691d1c1b-3af6-4aa3-95d1-1ca8c382ab47R01